I0722910

Translated Language Learning

Les Aventures d'Alice au Pays des Merveilles

Przygody Alicji w Krainie Czarów

Lewis Carroll

Français / Polsku

Copyright © 2024 Tranzlaty
All rights reserved
Published by Tranzlaty
ISBN: 978-1-83566-812-2
Original text: Alice's Adventures in Wonderland
by Lewis Carroll (1865)
Abridged by Sam'l Gabriel Sons (1916)
www.tranzlaty.com

Dans le Terrier du Lapin
W głąb króliczej nory

Alice commençait à être très fatiguée
Alicja zaczynała być bardzo zmęczona
Elle était assise à côté de sa sœur sur le talus d'herbe
Siedziała obok siostry na brzegu trawy
Mais elle n'avait rien à faire
Ale ona nie miała nic do roboty
Sa sœur lisait un livre
Jej siostra czytała książkę
une ou deux fois, Alice jeta un coup d'œil dans le livre
raz czy dwa Alicja zajrzała do książki
Mais le livre ne contenait ni images ni conversations
Ale w książce nie było żadnych zdjęć ani rozmów
« À quoi sert un livre sans images ? » pensa Alice
"Po co z książki bez obrazków?" – pomyślała Alicja
« Pourquoi un livre n'aurait-il pas de conversations ? »
"Dlaczego w książce nie ma rozmów?"
Mais elle avait d'autres choses à considérer
Miała jednak inne rzeczy do rozważenia

« Faire une chaîne de marguerites serait un plaisir »
"Zrobienie łańcuszka ze stokrotek byłoby przyjemnością"
« Mais cela vaut-il la peine de se lever et de cueillir les
marguerites ?? »
"Ale czy to jest warte wysiłku wstawania i zrywania
stokrotek??"
Ce n'était pas si facile d'y penser
Nie było to takie łatwe do przemyślenia
parce que la journée la rendait somnolente et stupide
bo dzień sprawiał, że czuła się senna i głupia
Mais soudain, ses pensées s'interrompirent
Nagle jednak jej rozmyślania zostały przerwane
un lapin blanc aux yeux roses courait près d'elle
Biały Królik o różowych oczach przebiegł obok niej

Il n'y avait rien de trop remarquable chez le lapin
W króliku nie było nic nadzwyczajnego
et Alice ne trouvait pas non plus le lapin remarquable
Alicja też nie uważała królika za niezwykłego
elle ne s'étonna pas non plus quand le Lapin parla
Nie zdziwiła się też, gdy Królik się odezwał
« Oh mon Dieu ! Je serai trop tard ! se dit-il
"Ojej! Spóźnię się – powiedział do siebie
**mais alors le Lapin a fait quelque chose que les lapins n'ont
pas fait**
ale potem Królik zrobił coś, czego króliki nie zrobiły

le Lapin tira une montre de la poche de son gilet
Królik wyjął zegarek z kieszeni kamizelki
Il regarda l'heure puis se hâta
Spojrzał na godzinę, a potem pospieszył dalej
Alice se leva, stupéfaite
Alicja zerwała się na równe nogi ze zdumienia
Elle n'avait jamais vu un lapin avec un gilet auparavant !
Nigdy wcześniej nie widziała królika w kamizelce!
elle n'avait jamais vu non plus de lapin avec une montre !
Nigdy też nie widziała królika z zegarkiem!
Alice brûlait d'une nouvelle curiosité
Alicja płonęła nową ciekawością
et elle courut à travers le champ après le Lapin
i pobiegła przez pole za Królikiem
Elle était juste à temps pour voir le lapin disparaître
Zdążyła w samą porę, by zobaczyć, jak królik znika
Le lapin sauta dans un grand terrier de lapin
Królik wskoczył do dużej króliczej nory
Un instant plus tard, Alice s'est mise à courir après le lapin !
Po chwili Alicja poszła na dół za królikiem!
Le terrier du lapin continuait tout droit comme un tunnel
Królicza nora ciągnęła się prosto jak tunel
Et le tunnel a continué à avancer sur une certaine distance
Tunel ciągnął się jeszcze przez jakiś czas
Et puis le chemin s'est soudainement incliné
A potem ścieżka nagle zapadła się w dół
Alice n'eut pas un instant pour songer à s'arrêter
Alicja nie miała ani chwili na myśl, żeby się powstrzymać
Elle s'est retrouvée à tomber et à tomber
Złapała się na tym, że upada i upada i upada
Il semblait qu'elle était tombée dans un puits très profond
Wyglądało to tak, jakby wpadła do bardzo głębokiej studni
Ou le puits était très profond, ou bien elle tombait très lentement
Albo studnia była bardzo głęboka, albo spadała bardzo powoli
parce qu'elle avait tout le temps de tomber
bo miała dużo czasu do upadku

alors qu'elle tombait, elle pouvait regarder tout autour d'elle
Kiedy upadała, mogła rozejrzeć się dookoła
D'abord, elle a essayé de comprendre où elle allait
Najpierw próbowała zorientować się, dokąd idzie
mais le puits était trop sombre pour voir quoi que ce soit
Ale studnia była zbyt ciemna, by cokolwiek zobaczyć
Puis elle regarda les côtés du puits
Potem spojrzała na boki studni
Et elle remarqua qu'il y avait des placards tout autour d'elle
I zauważyła, że wokół niej są szafki
et tout autour du puits il y avait des étagères de livres
a dookoła studni znajdowały się półki z książkami
Çà et là, elle voyait des cartes et des tableaux accrochés à des piquets
Tu i ówdzie widziała mapy i obrazy zawieszone na kołkach
En passant, elle prit un bocal sur l'une des étagères
Przechodząc obok zdjęła słoik z jednej z półek
Le pot a été étiqueté pour son contenu
Słoik został oznaczony ze względu na jego zawartość
« MARMELADE D'ORANGES »
"MARMOLADA Z POMARAŃCZY"
Mais, à sa grande déception, le pot de marmelade était vide
Ale, ku jej wielkiemu rozczarowaniu, słoik po marmoladie był pusty
Elle ne voulait pas laisser tomber le pot de marmelade vide
Nie chciała upuścić pustego słoika po marmoladzie
et sa chute fut très lente
a jej upadek był bardzo powolny
Elle a donc réussi à mettre le pot de marmelade dans l'un des placards
Udało jej się więc schować słoik marmolady do jednej z szafek
Tombée, descendue, tombée !
W dół, w dół, w dół, ona upada!
La chute prendrait-elle fin ?
Czy ten upadek kiedykolwiek się skończy?
Il n'y avait rien d'autre à faire
Nie było nic innego do roboty

alors Alice commença bientôt à se parler à elle-même
więc Alicja wkrótce zaczęła mówić do siebie
« Je vais beaucoup manquer à Dinah ce soir, je pense ! »
– Myślę, że Dinah będzie za mną dziś bardzo tęsknić!
Dinah était le chat d'Alice
Dinah była kotką Alicji
« J'espère qu'ils se souviendront de sa soucoupe de lait à l'heure du thé »
"Mam nadzieję, że przypomną sobie jej spodek z mlekiem w porze podwieczorku"
« Dinah, ma chère, je voudrais que tu sois ici avec moi ! »
— Dinah, moja droga, chciałabym, żebyś była tu ze mną!
Alice sentit qu'elle s'assoupissait
Alicja czuła, że zasypia
Et puis soudain, bruit sourd ! bourrade!
A potem nagle, łomot! Thump!
Elle tomba sur un tas de bâtons
Upadła na stertę patyków
et elle atterrit sur un tas de feuilles sèches
i wylądowała na stercie suchych liści
et enfin la longue chute dans le trou était terminée
i w końcu długi upadek w dół dobiegł końca
Alice n'était pas du tout blessée
Alicja nie była ani trochę zraniona
Et elle se leva d'un bond au bout d'un instant
i w mgnieniu oka podskoczyła
Elle leva les yeux, mais il faisait noir au-dessus de sa tête
Spojrzała w górę, ale nad jej głową było ciemno
Devant elle se trouvait un autre long couloir
Przed nią znajdował się kolejny długi korytarz
et le Lapin Blanc était toujours en vue
a Biały Królik wciąż był w zasięgu wzroku
Il se hâtait dans le couloir
Spieszył się korytarzem
Il n'y avait pas un instant à perdre
Nie było ani chwili do stracenia
Alice s'enfuit comme le vent

odeszła Alicja jak wiatr
Au coin de la rue, le lapin s'est retourné
Za rogiem odwrócił się królik
Elle était juste à temps pour entendre le lapin
Zdążyła w samą porę, by usłyszeć królika
« "Oh, mes oreilles et mes moustaches »
"Och, moje uszy i wąsy"
« Comme il est tard ! »
"Jak późno się robi!"
Elle était tout près derrière le lapin
Była tuż za królikiem
Elle tourna au détour d'un autre coin
Skręciła za kolejny róg
mais le Lapin n'était plus visible
ale Królika już nie było widać
Elle se retrouva dans une longue salle basse
Znalazła się w długim, niskim korytarzu
La salle était éclairée par une rangée de plafonniers
Hol oświetlał rząd lamp sufitowych
Il y avait des portes tout autour de la salle
Dookoła korytarza były drzwi
mais toutes les portes étaient fermées à clé
ale wszystkie drzwi były zamknięte
Elle marcha tout le long d'un côté de la salle
Przeszła całą drogę po jednej stronie korytarza
et elle avait fait tout le chemin de l'autre côté de la salle
Przeszła całą drogę na drugą stronę korytarza
Elle avait essayé toutes les portes
Wypróbowała wszystkie drzwi
et elle marchait tristement au milieu de la salle
i poszła smutna środkiem korytarza
« Comment vais-je jamais en sortir ? »
"Jak ja kiedykolwiek znowu się stąd wydostanę?"

Tout à coup, elle tomba sur une petite table
Nagle natknęła się na mały stolik
La table était entièrement en verre massif
Stół został wykonany w całości z litego szkła
Il n'y avait rien sur la table à part une petite clé dorée
Na stole nie leżało nic prócz maleńkiego złotego kluczyka
La clé pourrait appartenir à l'une des portes !
Klucz może należeć do jednych z drzwi!
Mais, hélas ! Certaines serrures étaient trop grandes pour les clés
Ale, niestety! Niektóre zamki były za duże na klucze
et pour les autres serrures, la clé était trop petite
a do innych zamków klucz był za mały
mais, en tout cas, la clef n'ouvrit aucune des portes
W każdym razie klucz nie otwierał żadnych drzwi
Mais que devait-elle faire ?
Ale cóż miała począć?
Elle traversa de nouveau le couloir
Znowu przeszła przez korytarz
et cette fois, elle remarqua un rideau bas
I tym razem zauważyła niską firankę
Derrière le rideau se trouvait une petite porte
Za kotarą znajdowały się małe drzwiczki
La porte avait une quinzaine de pouces de haut

Drzwi miały około piętnastu cali wysokości
Elle essaya la petite clé dorée dans la serrure
Spróbowała małego złotego kluczyka w zamku
Et à sa grande joie, la clé s'est glissée dans la serrure !
I ku jej wielkiej radości klucz zmieścił się w zamku!
Alice ouvrit la porte
Alicja otworzyła drzwi
et elle trouva la porte qui donnait sur un petit couloir
I zobaczyła, że drzwi prowadzą do małego korytarza
Le couloir n'était pas beaucoup plus grand qu'un trou à rats
Korytarz był niewiele większy od szczurzej nory
Elle s'agenouilla et regarda le long du couloir
Uklękła i rozejrzała się po korytarzu
et elle a vu le plus beau jardin que vous ayez jamais vu
i zobaczyła najpiękniejszy ogród, jaki kiedykolwiek widziałeś
comme elle avait envie de sortir de cette salle sombre
Jakże pragnęła wydostać się z tego ciemnego korytarza
comme elle voulait se promener parmi ces fleurs lumineuses
Jakże chciała wędrować wśród tych jaskrawych kwiatów
Comme ces fontaines avaient l'air cool et rafraîchissantes
jak fajnie wyglądały te fontanny
Mais elle ne pouvait même pas passer la tête par la porte
Nie mogła jednak nawet przebić się przez drzwi
— Oh ! dit Alice d'un ton lugubre
— Och — rzekła Alicja ze smutkiem
comme je voudrais pouvoir me plier comme un télescope !
"Jakże bym chciał się złożyć jak teleskop!"
« Je pense que je pourrais me plier comme un télescope »
"Myślę, że mógłbym się złożyć jak teleskop"
« Si seulement je savais par où commencer »
"Gdybym tylko wiedział, jak zacząć"
Alice retourna à la table
Alicja wróciła do stołu
Il y avait la chance de trouver une autre clé
Była szansa na odnalezienie kolejnego klucza
Ou il pourrait y avoir un livre de règles
Albo może być księga zasad

Le livre pourrait lui apprendre à se plier comme un télescope
Książka mogłaby jej powiedzieć, jak złożyć się jak teleskop
Cette fois, elle trouva une petite bouteille
Tym razem znalazła małą buteleczkę
« cette bouteille n'était certainement pas là auparavant, » dit Alice
– Tej butelki na pewno jeszcze tu nie było – powiedziała Alice
et autour du goulot de la bouteille était attachée une étiquette en papier
Na szyjce butelki zawieszona była papierowa etykieta
L'étiquette était magnifiquement imprimée en grandes lettres
Etykieta była pięknie wydrukowana dużymi literami
« BOIS-MOI »
"WYPIJ MNIE"
« Non, je vais regarder d'abord », a-t-elle dit
– Nie, najpierw przyjrzę się – powiedziała
« Je vais voir si la bouteille est marquée comme toxique ou non, »
"Zobaczę, czy butelka jest oznaczona jako trująca, czy nie"
Parce qu'elle n'a jamais oublié la leçon sur le poison
bo nigdy nie zapomniała lekcji o truciźnie
« Si une bouteille est étiquetée comme toxique, elle est forcément en désaccord avec vous »
"Jeśli butelka jest oznaczona jako trująca, na pewno się z tobą nie zgodzi"
Cependant, cette bouteille n'a pas été marquée comme toxique
Jednak butelka ta nie była oznaczona jako trująca
alors Alice se hasarda à goûter le contenu de la bouteille
Alicja odważyła się więc skosztować zawartości butelki
Elle trouva le liquide tout à fait à son goût
Stwierdziła, że płyn przypadł jej do gustu
La boisson avait une sorte de saveur mélangée
Napój miał coś w rodzaju mieszanego smaku
tarte aux cerises, crème pâtissière et ananas
tarta wiśniowa, budyń, ananas

Rôtir la dinde, le caramel et le pain grillé au beurre chaud
pieczony indyk, toffi i tosty z gorącym masłem
et elle finit bientôt la bouteille
i wkrótce dokończyła butelkę
« Quelle curieuse sensation ! » dit Alice
"Cóż za dziwne uczucie!" powiedziała Alicja
« Je me plie comme un télescope ! »
"Składam się jak teleskop!"
Et elle se repliait comme un télescope !
A ona składała się jak teleskop!
Elle n'avait plus que dix pouces de haut
Miała teraz tylko dziesięć cali wzrostu
et son visage s'éclaira à ses pensées
a twarz jej rozjaśniła się na myśl
Maintenant, elle était de la bonne taille pour la petite porte
Teraz miała odpowiedni rozmiar do małych drzwi
Maintenant, elle pouvait aller dans ce joli jardin
Teraz mogła wejść do tego pięknego ogrodu
Bientôt, elle a cessé de devenir plus petite
Wkrótce przestała się zmniejszać
Elle décida d'aller tout de suite dans le jardin
Postanowiła od razu pójść do ogrodu
mais, hélas pour la pauvre Alice !
ale, biada biednej Alicji!
Elle arriva à la porte
Dotarła do drzwi
Mais elle avait oublié la petite clé d'or
Zapomniała jednak małego złotego kluczyka
Elle retourna à la table pour prendre la clé
Wróciła do stołu po klucz
**Mais elle s'aperçut qu'elle ne pouvait pas atteindre assez
haut**
Stwierdziła jednak, że nie jest w stanie sięgnąć wystarczająco
wysoko
Elle pouvait voir la clé très distinctement à travers la vitre
Przez szybę widziała klucz całkiem wyraźnie
Elle essaya de grimper sur les pieds de la table

Spróbowała wspiąć się na nogi stołu
Mais le verre était beaucoup trop glissant
Ale szklanka była zdecydowanie zbyt śliska
Finalement, elle s'est fatiguée à essayer
W końcu zmęczyła się próbami
et la pauvre petite fille s'assit et pleura
Biedna dziewczynka usiadła i płakała
Alice se parlait à elle-même assez vivement
Alicja mówiła do siebie dość ostro
« Allons, ça ne sert à rien de pleurer comme ça ! »
"Chodź, nie ma sensu tak płakać!"
« Je vous conseille d'arrêter tout de suite ! »
"Radzę ci natychmiast przestać!"
Elle se donnait généralement de très bons conseils
Generalnie dawała sobie bardzo dobre rady
bien qu'elle suivît très rarement ses propres conseils
choć bardzo rzadko stosowała się do własnych rad
Et elle était parfois trop dure envers elle-même
i czasami była dla siebie zbyt surowa
et ses paroles lui firent monter les larmes aux yeux
a jej słowa sprawiły, że łzy napłynęły jej do oczu
Bientôt, son regard tomba sur une petite boîte en verre
Wkrótce jej wzrok padł na małe szklane pudełko
La petite boîte de verre était posée sous la table
Małe szklane pudełko leżało pod stołem
Dans la boîte en verre se trouvait un tout petit gâteau
W szklanym pudełku znajdowało się bardzo małe ciastko
Sur le gâteau, quelques mots étaient magnifiquement écrits
Na torcie pięknie napisane były słowa
les mots avaient été marqués dans des groseilles
Słowa były zaznaczone w porzeczkach
« MANGE-MOI »
"ZJEDZ MNIE"
« Eh bien, je vais manger le gâteau », dit Alice
– No cóż, zjem ciastko – powiedziała Alicja
« et si le gâteau me fait grossir, je peux atteindre la clé »
"a jeśli ciasto sprawi, że urosnę, mogę dotrzeć do klucza"

« et si le gâteau me fait rapetisser, je peux me glisser sous la porte »

"a jeśli ciasto sprawi, że umniejszę, mogę wślizgnąć się pod drzwi"

« Donc, de toute façon, j'irai dans le jardin »

"więc tak czy inaczej wejdę do ogrodu"

« Et peu m'importe lequel des deux arrive ! »

"I nie obchodzi mnie, które z tych dwóch rzeczy się zdarzy!"

Elle a mangé un peu du gâteau

Zjadła kawałek ciasta

et elle se parla anxieusement à elle-même :

I z niepokojem mówiła do siebie:

« Dans quel sens ? Dans quel sens ?

— Którędy? Którędy?

et elle posa la main sur sa tête

I trzymała rękę na głowie

Elle voulait sentir de quelle façon elle grandissait

Chciała wyczuć, w którą stronę się rozwija

Elle fut très surprise de découvrir ce qui s'était passé

Była bardzo zaskoczona, gdy dowiedziała się, co się stało

Elle était restée de la même taille !

Pozostała tego samego rozmiaru!

Cette fois, elle redoubla donc d'efforts

Tym razem więc podwoiła swoje wysiłki

Et bientôt, elle termina tout le gâteau

i wkrótce skończyła całe ciasto

La mare de larmes
Kałuża łez

« Cela devient de plus en plus intéressant ! » s'écria Alice

"Robi się to coraz ciekawsze!" zawołała Alicja

Vous pouvez voir qu'elle était très surprise

Widać, że była bardzo zaskoczona

« Je m'ouvre comme le plus grand télescope qui ait jamais existé ! »

"Otwieram się, jakby był to największy teleskop, jaki kiedykolwiek istniał!"

« Au revoir, les pieds ! Oh, mes pauvres petits pieds"

"Żegnajcie, stopy! Och, moje biedne małe stópki"

« Je me demande qui va vous mettre vos chaussures maintenant, mes chères ? »

– Ciekawe, kto teraz założy wam buty, kochani?

et je me demande qui mettra vos bas ?

– A ja się dziwię, kto ci założy pończochy?

« Je serai beaucoup trop loin »

"Będę o wiele za daleko"

« Je ne pourrai plus me soucier de toi »

"Nie będę już mógł się o ciebie martwić"

Juste à ce moment, sa tête heurta quelque chose

Właśnie w tym momencie uderzyła o coś głową

Elle avait atteint le toit de la salle

Dotarła na dach hali

En fait, elle mesurait maintenant plus de deux mètres

W rzeczywistości miała teraz ponad dwa metry wzrostu

et elle prit aussitôt la petite clef d'or

I natychmiast wzięła do ręki mały złoty kluczyk

et elle se précipita vers la porte du jardin

i pośpieszyła do drzwi ogrodu

Pauvre Alice ! Il n'y avait pas grand-chose qu'elle pouvait faire

Biedna Alicja! Niewiele mogła zrobić

Elle s'allongea sur le côté

Położyła się na boku

et elle regarda d'un œil dans le jardin

I jednym okiem patrzyła na ogród
Mais s'en sortir était plus désespéré que jamais
Ale przetrwanie było bardziej beznadziejne niż kiedykolwiek
Elle s'est assise et a recommencé à pleurer
Usiadła i znowu zaczęła płakać
Elle a continué à verser des litres de larmes
Dalej wylewała litry łez
Bientôt, il y eut une grande flaque tout autour d'elle
Wkrótce wokół niej pojawiła się duża kałuża
et l'eau atteignait la moitié du couloir
a woda sięgała do połowy korytarza
Au bout d'un moment, elle entendit un petit claquement de pieds
Po pewnym czasie usłyszała cichy tupot stóp
Elle entendit les pas venir de loin
Usłyszała dobiegające z oddali stopy
et elle s'essuya vivement les yeux pour voir ce qui allait arriver
i pośpiesznie otarła oczy, aby zobaczyć, co ma nadejść
C'était le retour du Lapin Blanc
To był powrót Białego Królika
Il était magnifiquement vêtu
Był wspaniale ubrany
Il avait une paire de gants blancs dans une main
W jednej ręce trzymał parę białych rękawiczek
et il avait un grand éventail de plumes dans l'autre main
a w drugiej ręce trzymał duży wachlarz z piór
Il arriva en trottinant en toute hâte
Szedł kłusem w wielkim pośpiechu
et il murmura en lui-même : « Oh ! la duchesse, la duchesse !
i mruknął do siebie: "Och! Księżna, księżna!
« Ah ! ne serait-elle pas sauvage si je l'ai fait attendre !
— Och! Czyż nie będzie dzika, jeśli każę jej czekać!"

Quand le Lapin s'approcha d'elle, Alice prit la parole
Kiedy Królik zbliżył się do niej, Alicja przemówiła
Mais elle parlait d'une voix basse et timide
Mówiła jednak niskim, nieśmiałym głosem
« Monsieur, s'il vous plaît, arrêtez ce que vous faites un instant »
"Proszę pana, proszę na chwilę przerwać to, co pan robi"
Le Lapin sursauta violemment
Królik przestraszył się gwałtownie
Il laissa tomber les gants blancs et l'éventail de plumes
Upuścił białe rękawiczki i wachlarz z piór
et il s'enfuit dans les ténèbres aussi vite qu'il le put
i pomknął w ciemność tak szybko, jak tylko mógł
Alice ramassa l'éventail en plumes et les gants
Alice podniosła wachlarz z piór i rękawiczki
Et elle n'arrêtait pas de s'éventer tout en parlant
I wachlowała się, gdy mówiła
« Cher, cher ! Comme tout est étrange aujourd'hui !
"Kochanie, kochanie! Jakże dziwne jest dzisiaj wszystko!"

« Hier, les choses se sont passées comme d'habitude »
"Wczoraj wszystko toczyło się jak zwykle"
« Étais-je le même quand je me suis levé ce matin ? »
– Czy byłem taki sam, kiedy wstałem dziś rano?
« Mais si je ne suis pas le même, il y a une autre question »
"Ale jeśli nie jestem taki sam, to jest inne pytanie"
« Qui suis-je ? »
"Kim, u licha, jestem?"
« Ah, c'est le grand casse-tête ! »
"Ach, to jest wielka zagadka!"
En disant cela, elle baissa les yeux sur ses mains
Mówiąc to, spojrzała w dół na swoje dłonie
Elle portait l'un des petits gants blancs du lapin
Miała na sobie jedną z małych białych rękawiczek królika
Elle n'avait pas remarqué qu'elle avait mis le gant en parlant
Nie zauważyła, że założyła rękawiczkę podczas rozmowy
« Comment ai-je pu faire cela ? » a-t-elle pensé
"Jak mogłam to zrobić?" – pomyślała
« Je dois redevenir petit »
"Chyba znowu staję się mały"
Elle se leva et s'approcha de la table pour mesurer sa taille
Wstała i podeszła do stołu, aby zmierzyć swój wzrost
Elle a découvert qu'elle mesurait maintenant environ un
demi-mètre
Okazało się, że ma teraz około pół metra wzrostu
et elle rétrécissait encore rapidement
i nadal szybko się kurczyła
Elle découvrit rapidement quelle était la cause de ce
rétrécissement
Wkrótce dowiedziała się, co było przyczyną kurczenia się
L'éventail de plumes la rendait encore plus petite !
Wachlarz z piór sprawiał, że znów była mniejsza!
et elle laissa tomber l'éventail de plumes à la hâte
i pospiesznie upuściła wachlarz z piór
Elle laissa tomber l'éventail de plumes juste à temps pour se
sauver
Upuściła wachlarz z piór w samą porę, by się uratować

Si elle s'était éventée plus longtemps, elle se serait
complètement retirée
Gdyby wachlowała się jeszcze bardziej, skurczyłaby się
całkowicie
« C'était une échappatoire de justesse ! » dit Alice
"To była mała ucieczka!" powiedziała Alicja
et elle fut bien effrayée de ce changement soudain
Była bardzo przerażona tą nagłą zmianą
mais elle était très heureuse de se trouver encore en
existence
Była jednak bardzo zadowolona, że wciąż istnieje
« Et maintenant, en route pour le jardin ! »
— A teraz do ogrodu!
Et elle courut à toute vitesse vers la petite porte
I pobiegła czym prędzej z powrotem do małych drzwi
Mais, hélas ! La petite porte fut refermée
Ale, niestety! Małe drzwiczki znów się zamknęły
et la petite clé d'or était de nouveau posée sur la table de
verre
A mały złoty kluczyk znów leżał na szklanym stole
« Les choses sont pires que jamais », pensa le pauvre enfant
"Jest gorzej niż kiedykolwiek" – pomyślało biedne dziecko
« Je n'ai jamais été aussi petit que ça auparavant, jamais ! »
"Nigdy wcześniej nie byłam tak mała, nigdy!"
En prononçant ces mots, son pied glissa
Gdy wypowiedziała te słowa, poślizgnęła się jej stopa
et un instant plus tard, il y eut une grande éclaboussure !
A za chwilę rozległ się wielki plusk!
Elle était dans l'eau salée jusqu'au menton
Była po brodę w słonej wodzie
Sa première idée fut qu'elle était tombée d'une manière ou
d'une autre dans la mer
Jej pierwszą myślą było to, że w jakiś sposób wpadła do morza
Cependant, elle s'est vite rendu compte dans quoi elle se
trouvait
Szybko jednak zdała sobie sprawę, w czym się znalazła
Elle était dans une mare de larmes

Była w kałuży łez
**les larmes qu'elle avait versées quand elle avait deux mètres
de haut**
Łzy, które wypłakała, gdy miała dwa metry wzrostu

Juste à ce moment-là, elle entendit quelque chose
Właśnie wtedy coś usłyszała
Quelque chose barbotait dans la mare
Coś pluskało się w basenie
Les éclaboussures venaient d'un peu de loin
Plusk dochodził z daleka
**et elle nagea plus près pour voir ce que c'était que les
éclaboussures**
Podpłynęła bliżej, żeby zobaczyć, co to za plusk
Elle vit bientôt que ce n'était qu'une petite souris
Wkrótce przekonała się, że to tylko mała myszka
La petite souris s'était également glissée dans l'eau
Mała myszka też wślizgnęła się do wody
Alice réfléchit à la situation
Alicja zastanowiła się nad sytuacją
« Serait-il utile de parler à cette souris ? »

— Czy na nic się zda rozmowa z tą myszką?

« Tout est tellement à l'envers ici »

"Tu wszystko jest takie wywrócone do góry nogami"

« Je pense que c'est très probable que cette souris peut parler »

"Myślę, że jest bardzo prawdopodobne, że ta mysz potrafi mówić"

« En tout cas, il n'y a pas de mal à essayer »

"W każdym razie nie ma nic złego w próbowaniu"

Alors elle a commencé à essayer de parler à la souris

Zaczęła więc próbować rozmawiać z myszą

« Oh Souris, sais-tu comment sortir de cette mare ? »

"Och, Mysz, znasz wyjście z tego basenu?"

« Je suis bien fatigué de nager ici, ô souris ! »

"Jestem bardzo zmęczony pływaniem tutaj, o Mysz!"

La souris la regarda d'un air assez inquisiteur

Mysz spojrzała na nią dość ciekawie

La souris semblait cligner de l'œil avec l'un de ses petits yeux

Mysz zdawała się mrugać jednym ze swoich małych oczu

Mais la petite souris ne dit rien

Ale mała myszka nic nie powiedziała

« Peut-être la souris ne comprend-elle pas l'anglais », pensa Alice

"Może mysz nie rozumie angielskiego" – pomyślała Alice

« J'ose dis-le que c'est une souris française »

"Śmiem twierdzić, że to francuska mysz"

« peut-être que cette souris est venue avec Guillaume le Conquérant »

"być może ta mysz przyszła z Wilhelmem Zdobywcą"

Alors elle a recommencé, en français

Zaczęła więc od nowa, tym razem po francusku

« Où est mon chat ? » a-t-elle demandé en français

"Gdzie jest mój kot?" zapytała po francusku

c'était la première phrase de son livre de leçons de français

To było pierwsze zdanie w jej zeszycie do lekcji francuskiego

La souris fit un saut soudain hors de l'eau

Mysz nagle wyskoczyła z wody
et la souris semblait frémir de frayeur
a mysz zdawała się drżeć ze strachu
— Oh ! je vous demande pardon ! s'écria vivement Alice
— Och, przepraszam cię! — zawołała pośpiesznie Alicja
Elle craignait d'avoir blessé les sentiments du pauvre animal
Bała się, że zraniła uczucia biednego zwierzęcia
« J'oubliais que tu n'aimais pas les chats »
"Zupełnie zapomniałem, że nie lubisz kotów"
« Je n'aime pas les chats ! » cria la Souris d'une voix aiguë et passionnée
"Nie lubię kotów!" zawołała Mysz przenikliwym, namiętnym głosem
« Voudrais-tu des chats, si tu étais moi ? »
"Czy na moim miejscu chciałbyś mieć koty?"
Alice réconforta la souris d'un ton apaisant
Alicja pocieszyła mysz kojącym tonem
« Eh bien, peut-être que je n'aimerais pas non plus les chats si j'étais vous »
"Cóż, może na twoim miejscu też bym nie lubił kotów"
« S'il vous plaît, ne soyez pas en colère à propos de la mention des chats »
"Proszę, nie gniewaj się na wzmiankę o kotach"
« Et pourtant, j'aimerais pouvoir te montrer notre chat Dinah »
"A jednak żałuję, że nie mogę pokazać ci naszej kotki Dinah"
« Si vous la rencontriez, je pense que vous prendriez goût aux chats »
"gdybyś ją spotkał, myślę, że spodobałyby ci się koty"
« Si seulement vous pouviez la voir »
"Gdybyś tylko mógł ją zobaczyć"
« Elle est une chose si chère et si calme »
"Ona jest taka kochana, cicha rzecz"
La souris tremblait de partout
Mysz trzęsła się na całym ciele
Alice était certaine que la souris devait être vraiment offensée

Alicja była pewna, że mysz musi być naprawdę urażona
« On ne parlera plus d'elle, si tu préfères ne pas le faire »
"Nie będziemy już o niej rozmawiać, jeśli wolisz"
« Nous, en effet ! » s'écria la Souris
"My doprawdy!" zawołała Mysz
La souris tremblait jusqu'au bout de sa queue
Mysz drżała aż do końca ogona
« Comme si je voulais parler d'un tel sujet ! »
"Jakbym miał mówić na taki temat!"
« Notre famille a toujours détesté les chats »
"Nasza rodzina zawsze nienawidziła kotów"
"Les chats ; des choses méchantes, basses, vulgaires !
"Koty; Paskudne, niskie, wulgarne rzeczy!"
« Ne me laissez plus entendre le nom ! »
"Nie pozwól mi więcej usłyszeć tego imienia!"
— Je ne parlerai plus des chats, en effet, dit Alice
"Naprawdę nie wspomnę już o kotach!" powiedziała Alicja
Elle était très pressée de changer de sujet
Bardzo się spieszyła ze zmianą tematu
"Êtes-vous... Aimez-vous les chiens ?
"Czy jesteś... Lubisz psy?
« Il y a un petit chien si gentil près de notre maison, »
"W pobliżu naszego domu jest taki miły piesek"
« Je voudrais te montrer le petit chien ! »
— Chciałabym ci pokazać tego małego pieska!
"Ce petit chien tue tous les rats et...
"Ten mały piesek zabija wszystkie szczury i..."
« Oh ! mon Dieu ! » s'écria Alice d'un ton triste
"Och, ojej!" zawołała Alicja smutnym tonem
« J'ai peur de t'avoir encore offensé ! »
"Obawiam się, że znowu cię obraziłem!"
La souris nageait loin d'elle aussi vite qu'elle le pouvait
Mysz oddalała się od niej tak szybko, jak tylko mogła
et la souris fit tout un vacarme dans la mare
a mysz narobiła niezłego zamieszania w basenie
Alors elle appela doucement la souris
Zawołała więc cicho za myszką

« Ma chère souris, s'il vous plaît, revenez ! »
"Moja droga Myszko, proszę, wróć!"
« Et nous ne parlerons pas des chats »
"I nie będziemy rozmawiać o kotach"
« Et nous n'avons pas non plus besoin de parler des chiens »
"I o psach też nie musimy rozmawiać"
Quand la souris entendit cela, elle se retourna
Kiedy mysz to usłyszała, odwróciła się
et la petite souris nagea lentement vers elle
A mała myszka powoli wróciła do niej
Le visage de la souris était assez pâle
Twarz myszy była dość blada
et la souris parla d'une voix basse et tremblante
A mysz przemówiła niskim, drżącym głosem
« Allons à la rive »
"Chodźmy na brzeg"
« et ensuite je vous raconterai mon histoire »
"a potem opowiem ci moją historię"
**« et vous comprendrez pourquoi c'est moi qui déteste les
chats et les chiens »**
"I zrozumiesz, dlaczego nienawidzę psów i kotów"
Il était grand temps de partir
Najwyższy czas odejść
parce que la piscine devenait assez bondée
ponieważ basen robił się dość zatłoczony
D'autres oiseaux et animaux étaient tombés dans la mare
Inne ptaki i zwierzęta wpadły do basenu
il y avait un Canard et un Dodo
Była tam Kaczka i Dodo
et il y avait un oiseau Lory et un aiglon
Był też ptak Lory i Orlik
et il y avait plusieurs autres créatures intéressantes
i było jeszcze kilka innych ciekawie wyglądających stworzeń
Alice a ouvert la voie à la sortie de la piscine
Alice poprowadziła nas do wyjścia z basenu
et toute la troupe des animaux nagea jusqu'au rivage
i cała gromada zwierząt dopłynęła do brzegu

Une course de caucus et une longue traîne

Wyścig klubowy i długi ogon

C'était en effet une bande d'animaux à l'allure amusante
Była to rzeczywiście śmiesznie wyglądająca gromada zwierząt
et ils se rassemblèrent tous sur le bord de l'eau
i wszyscy zebrali się na brzegu wody
Les oiseaux avaient tous des plumes débraillées
Wszystkie ptaki miały potargane pióra
et les animaux à fourrure étaient trempés
a futrzaste zwierzęta były przemoczone na wskroś
et tous étaient trempés, agacés et mal à l'aise
i wszyscy byli mokrzy, zirytowani i nieswojo

Il y avait une question à laquelle il fallait répondre en premier
Było jedno pytanie, na które trzeba było najpierw odpowiedzieć
Quelle est la meilleure façon pour tout le monde de se sécher ?
Jaki jest najlepszy sposób, aby wszyscy mogli wysuszyć?
Ils ont tenu une consultation à ce sujet
Odbyli konsultację w tej sprawie
Bientôt, ils furent tous en bons termes

Wkrótce wszyscy byli w znajomych stosunkach
C'était comme si elle les avait connus toute sa vie
Wyglądało to tak, jakby znała je całe życie
La souris semblait être une personne d'une certaine autorité
Mysz wydawała się być osobą o jakimś autorytecie
« Asseyez-vous, vous tous, et écoutez-moi !
"Usiądźcie wszyscy i posłuchajcie mnie!
« Je vais bientôt vous faire sécher à nouveau ! »
"Niedługo sprawię, że wszyscy znów wyschniecie!"
Ils s'assirent tous en même temps, dans un grand cercle
Wszyscy naraz usiedli w dużym kręgu
et la petite souris s'assit au milieu
A mała myszka siedziała pośrodku
« Hum ! » dit la souris d'un air important
"Ach!" powiedziała mysz z poważnym tonem
« Êtes-vous tous prêts ? »
– Jesteście gotowi?
« C'est la chose la plus sèche que je connaisse »
"To najbardziej sucha rzecz, jaką znam"
« Silence tout autour, s'il vous plaît ! »
— Cisza dookoła, jeśli chcesz!
« Guillaume le Conquérant était favorisé par le pape »
"Wilhelm Zdobywca był faworyzowany przez papieża"
« mais il fut bientôt soumis par les Anglais »
"Wkrótce jednak został poddany przez Anglików"
« Ils voulaient des leaders ces derniers temps »
"Ostatnio chcieli przywódców"
« et ils avaient été habitués au pouvoir et à la conquête »
"I byli przyzwyczajeni do władzy i podbojów"
« Edwin et Morcar, les comtes de Mercie et de Northumbrie »
"Edwin i Morcar, hrabiowie Mercji i Northumbrii"
« Pouah ! » dit l'oiseau lori, avec un frisson
"Ugh!" powiedział ptak lori z dreszczem
« et même Stigand, l'archevêque patriote de Cantorbéry »
"a nawet Stigand, patriotyczny arcybiskup Canterbury"
« Il l'a également trouvé opportun »

"On też uznał to za wskazane"

« Qu'a-t-il trouvé à propos ? » dit le canard

"Co uznał za wskazane?" zapytała kaczka

— Il l'a trouvé opportun, répondit la souris d'un ton un peu contrarié

– Uznał to za wskazane – odparła mysz dość krzywo

Mais le canard n'était pas satisfait

Ale kaczka nie była zadowolona

« Bien sûr, vous savez ce que 'it' signifie »

"Oczywiście, wiesz, co oznacza 'to'"

« Je sais ce que c'est quand je trouve quelque chose », dit le canard

— Wiem, co to jest, kiedy coś znajdę — powiedziała kaczka

« C'est généralement une grenouille ou un ver »

"Zazwyczaj jest to żaba lub robak"

« La question est de savoir ce que l'archevêque a trouvé ?

– Pytanie brzmi, co znalazł arcybiskup?

La souris n'a pas remarqué cette question

Mysz nie zauważyła tego pytania

Au lieu de cela, la souris continua précipitamment son discours

Zamiast tego mysz pospiesznie kontynuowała przemówienie

« il a jugé opportun d'aller avec Edgar Atheling »

"uznał za wskazane, aby pojechać z Edgarem Athelingiem"

« pour rencontrer Guillaume et lui offrir la couronne »

"spotkać się z Williamem i zaoferować mu koronę"

la souris continua, se tournant vers Alice pendant qu'elle parlait

Mysz kontynuowała, zwracając się do Alicji, gdy to mówiła

« Comment allez-vous maintenant, ma chère ? »

– Jak się teraz masz, moja droga?

– Aussi mouillée que jamais, dit Alice d'un ton mélancolique

– Tak mokra jak zawsze – powiedziała Alicja melancholijnym tonem

« Cette histoire n'a pas l'air de me tarir du tout »

"Ta historia wcale mnie nie wysusza"

— **Dans ce cas, dit solennellement le dodo en se levant**
— W takim razie — odparł dodo z powagą, wstając
« Je vote pour l'ajournement de la séance »
"Głosuję za odroczeniem posiedzenia"
« et je propose l'adoption immédiate de remèdes plus énergiques »
"i proponuję natychmiastowe przyjęcie bardziej energicznych środków zaradczych"
« Dis des paroles vraies ! » dit l'aiglon
"Mów prawdziwe słowa!" powiedział orzeł
« Je ne connais pas le sens de la moitié de ces longs mots »
"Nie znam znaczenia połowy tych długich słów"
et, qui plus est, je ne crois pas que vous le sachiez non plus !
— A co więcej, nie wierzę, że ty też wiesz!
— Ce que j'allais dire, dit le dodo d'un ton offensé
— To, co miałem zamiar powiedzieć — odparł dodo urażonym tonem
« La meilleure chose à faire pour nous sécher serait une course au caucus »
"Najlepszą rzeczą, która by nas wysuszyła, byłby wyścig klubowy"
« Qu'est-ce qu'une course de caucus ? » demanda Alice
"Co to jest wyścig klubowy?" zapytała Alicja

« Eh bien, » dit le dodo, « la meilleure façon de l'expliquer,
c'est de le faire »
"No cóż," powiedział dodo, "najlepszym sposobem, aby to
wyjaśnić, jest zrobienie tego"
« D'abord, le dodo a tracé un parcours »
"Najpierw dodo wytyczył tor wyścigowy"
« La piste était dans une sorte de cercle »
"Tor był w pewnym sensie w kręgu"
« Et puis tout le groupe a été placé le long du parcours »
"A potem cała grupa została ustawiona wzdłuż trasy"
Il n'y avait pas de « Un, deux, trois et c'est parti ! »
Nie było "Raz, dwa, trzy i dalej!".
Mais ils ont commencé à courir quand ils voulaient
Ale zaczęli uciekać, kiedy im się podobało
et ils finissaient aussi quand ils le voulaient
A także kończyli, kiedy im się podobało
Il n'était donc pas facile de savoir quand la course était
terminée
Nie było więc łatwo zorientować się, kiedy wyścig dobiegł
końca
Après environ une demi-heure de course, ils étaient tous
assez secs
Po około pół godzinie biegu wszystkie były całkiem suche
le dodo s'écria soudain : « La course est finie ! »
Dodo nagle zawołał: "Wyścig się skończył!"
Et ils se pressèrent tous autour du Dodo
i wszyscy tłoczyli się wokół dodo
Tous les animaux haletaient et soufflaient
Wszystkie zwierzęta dyszały i sapały
et tous voulaient savoir : « Mais qui a gagné ? »
i wszyscy chcieli wiedzieć: "Ale kto wygrał?"
Le dodo ne pouvait pas répondre immédiatement à cette
question
Na to pytanie dodo nie potrafił od razu odpowiedzieć
D'abord, il a dû beaucoup réfléchir
Najpierw musiał się bardzo mocno zastanowić
Après mûre réflexion, le dodo finit par parler

Po długim namyśle, Dodo w końcu się odezwał
« Tout le monde a gagné, et tous doivent avoir des prix »
"Każdy wygrał i każdy musi mieć nagrody"
« Mais qui doit donner les prix ? » demanda un chœur de voix
"Ale kto ma dać nagrody?" zapytał chór głosów
— Eh bien, elle, bien sûr, dit le dodo
— No cóż, ona, oczywiście — odparł dodo
et le dodo pointa d'un doigt vers Alice
a dodo wskazał jednym palcem na Alicję
et toute la troupe des animaux se pressait autour d'elle
i cała gromada zwierząt tłoczyła się wokół niej
ils ont crié, d'une manière confuse : « Des prix ! Des prix !
Wołali zmieszanym głosem: "Nagrody! Nagrody!"
Alice n'avait aucune idée de ce qu'elle devait faire
Alicja nie miała pojęcia, co robić
Désespérée, elle mit la main dans sa poche
Zrozpaczona włożyła rękę do kieszeni
Et elle en sortit une boîte de bonbons
i wyciągnęła pudełko słodyczy
Heureusement, l'eau salée n'était pas entrée dans la boîte
Na szczęście słona woda nie dostała się do pudełka
et elle a distribué les bonbons comme prix
I rozdawała słodycze jako nagrody
Il y avait exactement une pièce pour tout le monde
Dla każdego znalazł się dokładnie jeden element
La prochaine chose qu'ils devaient faire était de manger les bonbons
Następną rzeczą, którą musieli zrobić, było zjedzenie słodyczy
Cela a causé du bruit et de la confusion
Spowodowało to pewien hałas i zamieszanie
Les grands oiseaux se plaignaient de ne pas pouvoir goûter leurs bonbons
Duże ptaki skarżyły się, że nie mogą skosztować swoich słodyczy
Les petits s'étouffaient et devaient être tapotés dans le dos
Małe się dusiły i trzeba było je poklepywać po plecach

Cependant, c'était enfin fini
Jednak w końcu to się skończyło
Et ils se rassirent en cercle
I znowu usiedli w kręgu
et ils supplièrent la souris de leur dire quelque chose de plus
I błagali mysz, aby powiedziała im coś więcej
— Vous m'avez promis de me raconter votre histoire, vous savez, dit Alice
– Obiecałaś, że opowiesz mi swoją historię – powiedziała Alicja
et elle fit une autre petite remarque sur les chats à voix basse
I szeptem rzuciła kolejną małą uwagę na temat kotów
Elle ne voulait pas offenser à nouveau la souris
Nie chciała znowu urazić myszy
la petite souris se tourna vers Alice et soupira
mała myszka odwróciła się do Alicji i westchnęła
« Ma conte est long et triste ! »
"Moja opowieść jest długa i smutna!"
— C'est une longue queue, certainement, dit Alice
— To z pewnością długi ogon — powiedziała Alicja
et elle baissa les yeux avec étonnement sur la queue de la souris
i spojrzała ze zdumieniem na ogon myszy
« Mais pourquoi appelez-vous cela une queue triste ? »
– Ale dlaczego nazywasz to smutnym ogonem?
Et elle n'arrêtait pas de s'interroger à ce sujet pendant que la souris parlait
I zastanawiała się nad tym, podczas gdy mysz mówiła
de sorte que son idée de l'histoire était quelque chose comme ceci
Tak więc jej wyobrażenie o tej opowieści wyglądało mniej więcej tak

"Fury said to
a mouse, That
he met in the
house, 'Let
us both go
to law: *I*
will prosecute
you.—
Come, I'll
take no denial:
We must have
the trial;
For really
this morning
I've
nothing
to do.'
Said the
mouse to
the cur,
'Such a
trial, dear
sir, With
no jury
or judge,
would
be wasting
our
breath.'
'I'll be
judge,
I'll be
jury,'
said
cunning
old
Fury;
'I'll
try
the
whole
cause,
and
condemn
you to
death.'"

Fury dit à une souris : Qu'il s'est rencontré dans la maison.
Furia powiedziała do myszy, Że spotkał się w domu"
Allons tous les deux en justice, je vous poursuivrai
Chodźmy obaj do sądu: ja cię oskarżę
**Allons, je n'accepterai aucun démenti : il faut que nous
fassions l'épreuve**
Chodź, nie zaprzeczę: musimy mieć proces
Car vraiment ce matin je n'ai rien à faire

Bo naprawdę dziś rano nie mam nic do roboty
Dit la souris au maudit ;
Powiedziała mysz do kury;
Un tel procès, cher monsieur, sans jury ni juge, nous ferait perdre notre souffle
Taki proces, drogi panie, bez ławy przysięgłych i sędziego,
byłby marnowaniem naszego oddechu
« Je serai juge, je serai jury », dit le vieux rusé Fury
— Będę sędzią, będę ławą przysięgłych — rzekł stary chytry Fury
Je vais juger toute la cause, et je vous condamnerai à mort
Osądzę całą sprawę i skażę cię na śmierć
la souris parla sévèrement à Alice
mysz przemówiła surowo do Alicji
« Tu ne fais pas attention ! »
"Nie zwracasz na to uwagi!"
« À quoi pensez-vous ? »
– O czym myślisz?
— Je vous demande pardon, dit Alice très humblement
— Przepraszam — rzekła Alicja bardzo pokornie
« Tu étais arrivé au cinquième virage, je crois ? »
— Chyba dotarłeś do piątego zakrętu?
« Vous m'insultez en disant de telles bêtises ! »
"Obrażasz mnie, opowiadając takie bzdury!"
Et la souris se leva et s'éloigna
A mysz wstała i odeszła
Alice appela la petite souris
Alicja zawołała za małą myszką
« S'il vous plaît, revenez et terminez votre histoire ! »
"Proszę, wróć i dokończ swoją historię!"
Et les autres se joignirent tous en chœur
A pozostali przyłączyli się chórem
« Oui, s'il vous plaît, terminez votre histoire ! »
"Tak, proszę, dokończ swoją historię!"
Mais la souris se contenta de secouer la tête avec impatience
Ale mysz tylko niecierpliwie potrząsnęła głową
et la petite souris marchait un peu plus vite

A mała myszka chodziła trochę szybciej
« Je voudrais bien avoir Dinah, notre chat, ici ! » dit Alice
"Chciałabym mieć tu Dinah, naszą kotkę!" powiedziała Alice
Cela provoqua une sensation remarquable parmi le parti
Wywołało to niezwykłą sensację wśród partii
Quelques-uns des oiseaux se hâtèrent de s'éloigner
Niektóre ptaki natychmiast odleciały
et un canari appela d'une voix tremblante ses enfants ;
A kanarek zawołał drżącym głosem do swoich dzieci;
« Allez-vous-en, mes chères ! »
— Odejdźcie, moi drodzy!
« Il est grand temps que vous soyez tous au lit ! »
"Najwyższy czas, żebyście wszyscy położyli się do łóżka!"
Avec diverses excuses, ils sont tous partis
Pod różnymi wymówkami wszyscy odeszli
et Alice se retrouva bientôt seule
i Alicja wkrótce została sama
« J'aurais aimé ne pas avoir mentionné Dinah ! »
– Żałuję, że nie wspomniałam o Dinie!
« Personne n'a l'air de l'aimer ici »
"Wygląda na to, że nikt jej tu na dole nie lubi"
« Mais je suis sûr que c'est la meilleure chatte du monde ! »
"ale jestem pewien, że to najlepszy kot na świecie!"
La pauvre Alice se remit à pleurer
Biedna Alicja znowu zaczęła płakać
parce qu'elle se sentait très seule et déprimée
ponieważ czuła się bardzo samotna i przygnębiona
Au bout de peu de temps, cependant, elle entendit de nouveau quelque chose
Po chwili jednak znów coś usłyszała
un petit bruit de pas au loin
cichy tupot kroków w oddali
et elle leva les yeux avec impatience
i spojrzała w górę z niecierpliwością

C'était le lapin blanc, qui revenait lentement au trot
Był to biały królik, który powoli kłusował z powrotem
Il regardait anxieusement autour de lui en chemin
Rozglądał się niespokojnie dookoła
Il avait l'air d'avoir perdu quelque chose
Wyglądał tak, jakby coś zgubił
Alice l'entendit marmonner pour lui-même
Alicja usłyszała, jak mamrocze do siebie coś pod nosem
— La duchesse ! La Duchesse ! Oh, mes chères pattes !
— Księżna! Księżna! Och, moje drogie łapy!"
« Oh, ma fourrure et mes moustaches ! »
"Och, moje futro i wąsy!"
« Elle va me faire exécuter, j'en suis sûr »
"Ona mnie zabije, jestem tego pewien"
« Aussi sûr que les furets sont des furets ! »
"Tak samo pewne jak fretki są fretkami!"
« Où ai-je pu laisser tomber mes affaires, je me demande ? »
"Zastanawiam się, gdzie mogłem zostawić swoje rzeczy?"

Alice devina en un instant ce qu'il cherchait
Alicja w jednej chwili domyśliła się, czego szuka
Il cherchait l'éventail de plumes
Szukał wachlarza z piór
et il cherchait la paire de gants blancs
i szukał pary białych rękawiczek
Elle se mit donc très gentiment à chercher les gants
Więc bardzo dobrodusznie zaczęła szukać rękawiczek
Et elle chercha aussi l'éventail de plumes
I ona też szukała wachlarza z piór
Mais les gants et l'éventail de plumes étaient introuvables
Ale rękawic i wachlarza z piór nigdzie nie było widać
Tout semblait avoir changé depuis sa baignade dans la piscine
Wydawało się, że wszystko się zmieniło od czasu, gdy pływała w basenie
Rien n'était pareil depuis qu'elle était dans la grande salle
Nic już nie było takie samo od czasu, gdy znalazła się w Wielkiej Sali
et la table de verre avait disparu
i szklany stół zniknął
Et la petite porte n'était pas là non plus
Nie było też tych małych drzwiczek
Très vite, le lapin remarqua Alice
Wkrótce królik zauważył Alicję
Il l'appela d'un ton furieux
— zawołał do niej gniewnym tonem
« Mary Ann, que fais-tu ici ? »
– Mary Ann, co ty tu robisz?
« Rentre chez toi à l'instant même »
"Biegnij w tej chwili do domu"
« Et apporte-moi une paire de gants et un éventail de plumes ! »
"I przynieś mi parę rękawiczek i wachlarz z piór!"
« Et faites vite ! »
"I pospiesz się!"
Alice se parlait à elle-même en s'enfuyant

Alicja mówiła do siebie, uciekając
— Il a dû me prendre pour sa femme de chambre !
— Musiał mnie pomylić ze swoją pokojówką!
« Comme il sera surpris quand il découvrira qui je suis ! »
"Jakże będzie zaskoczony, gdy dowie się, kim jestem!"
En disant cela, elle tomba sur une petite maison soignée
Mówiąc to, natknęła się na schludny domek
Sur la porte de la maison se trouvait une plaque de laiton brillant
Na drzwiach domu wisiała jasna mosiężna tabliczka
« W. LAPIN »
"W. KRÓLIK"
Elle entra sans frapper à la porte
Weszła do środka, nie pukając do drzwi
et elle se hâta de monter l'escalier
I pośpieszyła prosto na górę
elle craignait de rencontrer la vraie Mary Ann
martwiła się, że może spotkać prawdziwą Mary Ann
parce qu'alors elle serait chassée de la maison
bo wtedy zostałaby wyrzucona z domu
et elle ne pourrait pas trouver l'éventail de plumes et les gants
i nie byłaby w stanie znaleźć wachlarza z piór i rękawiczek
Alice s'était frayé un chemin dans une petite pièce bien rangée
Alicja znalazła drogę do schludnego pokoiku
Dans la pièce, il y avait une table près de la fenêtre
W pokoju stał stolik przy oknie
et sur la table, il y avait un éventail de plumes
a na stole leżał wachlarz z piór
et il y avait deux ou trois paires de petits gants blancs
Były tam też dwie lub trzy pary maleńkich białych rękawiczek
Elle ramassa l'éventail en plumes et une paire de gants
Podniosła wachlarz z piór i parę rękawiczek
et elle allait quitter la pièce
i już miała wyjść z pokoju
mais alors ses yeux tombèrent sur une petite bouteille

Ale potem jej wzrok padł na małą butelkę
Elle déboucha la bouteille et la porta à ses lèvres
Odkorkowała butelkę i przyłożyła ją do ust
« J'espère que cela me fera redevenir grand »
"Mam nadzieję, że to sprawi, że znów urosnę"
« J'en ai marre d'être une toute petite chose ! »
"Jestem zmęczona byciem taką maleństką!"
Alice avait à peine bu la moitié de la bouteille
Alicja wypiła ledwie połowę butelki
Sa tête était déjà appuyée contre le plafond
Jej głowa już przyciskała się do sufitu
et elle dut se baisser
i musiała się schylić
pour sauver son cou d'être brisé
by uratować jej kark przed złamaniem
Elle posa précipitamment la bouteille
Pospiesznie odstawiła butelkę
« C'est bien assez »
"To w zupełności wystarczy"
« J'espère que je ne grandirai plus »
"Mam nadzieję, że już nie dorosnę"
Hélas! Il était trop tard pour souhaiter cela !
Niestety! Było już za późno, by tego chcieć!
Elle n'a cessé de grandir
Rosła i rosła
et très vite elle dut s'agenouiller sur le sol
i bardzo szybko musiała uklęknąć na podłodze
Et même alors, elle a continué à grandir
I nawet wtedy rosła
Comme dernière ressource, elle passa un bras par la fenêtre
Jako ostatnią deskę ratunku wystawiła jedną rękę przez okno
et elle mit un pied dans la cheminée
i postawiła jedną nogę w kominie
« Maintenant, je ne peux plus faire, quoi qu'il arrive »
"Teraz nie mogę już nic zrobić, cokolwiek się stanie"
« Que vais-je devenir ? »
"Co się ze mną stanie?"

Alice a eu un peu de chance
Alicja miała trochę szczęścia
La petite bouteille magique avait fait son plein effet
Mała magiczna buteleczka odniosła pełny skutek
et Alice ne grandit pas plus qu'elle n'était
a Alicja nie urosła ani na tyle, by nie urosła
Au bout de quelques minutes, elle entendit une voix à l'extérieur
Po kilku minutach usłyszała głos na zewnątrz
et elle s'arrêta pour écouter la voix
i zatrzymała się, by wsłuchać się w głos
« Mary Ann ! Mary Ann ! dit la voix
"Marysia Ann! Mary Ann!" – odezwał się głos
« Apporte-moi mes gants tout de suite ! »
"Przynieś mi w tej chwili moje rękawiczki!"
Puis vint un petit claquement de pieds dans l'escalier
Potem rozległ się cichy tupot stóp na schodach
Alice savait que c'était le lapin qui venait la chercher
Alice wiedziała, że to królik przyszedł jej szukać

et elle trembla jusqu'à faire trembler la maison
i drżała, aż zatrzęsła się w domu
elle oublia tout à fait quelles étaient ses proportions
Zupełnie zapomniała, jakie są jej proporcje
Elle était mille fois plus grosse que le lapin
Była tysiąc razy większa od królika
et elle n'avait aucune raison d'avoir peur d'un lapin
I nie miała powodu, by bać się królika
Bientôt le lapin s'approcha de la porte
Niebawem królik podszedł do drzwi
et le petit lapin essaya d'ouvrir la porte
A mały królik próbował otworzyć drzwi
La porte a commencé à s'ouvrir vers l'intérieur
Drzwi zaczęły otwierać się do środka
mais le coude d'Alice était fortement appuyé contre la porte
ale łokieć Alicji był mocno przyciśnięty do drzwi
Cette tentative s'est avérée un échec
Próba ta zakończyła się fiaskiem
Alice entendit le lapin se parler à lui-même
Alicja usłyszała, jak królik mówi do siebie
« Ensuite, je vais faire le tour et entrer par la fenêtre »
"Potem obejdę i wejdę przez okno"
« Que tu ne le feras pas ! » pensa Alice
"Że tego nie zrobisz!" pomyślała Alicja
Et elle attendit encore un peu
I znowu trochę poczekała
Bientôt, elle entendit le lapin juste sous la fenêtre
Wkrótce usłyszała królika tuż pod oknem
Elle étendit soudain la main
Nagle rozłożyła rękę
et elle fit une prise en l'air
i złapała się w powietrze
Elle n'a rien attrapé
Nic nie dostała w swoje ręce
mais elle entendit un petit cri et une chute
Usłyszała jednak cichy wrzask i upadek
et elle entendit un fracas de verre brisé

i usłyszała trzask tłuczonego szkła
Peut-être le lapin était-il tombé
Być może królik upadł
Peut-être était-il dans une serre
Może był w szklarni
Puis vint une voix en colère ; La voix du lapin
Potem rozległ się gniewny głos; Głos królika
« Pat, où es-tu ? »
– Pat, gdzie jesteś?
**Et puis vint une voix qu'elle n'avait jamais entendue
auparavant**
A potem rozległ się głos, którego nigdy wcześniej nie słyszała
« Votre honneur, je suis là ! »
"Wysoki sądzie, jestem tutaj!"
« Je creuse pour trouver des pommes »
"Szukam jabłek"
« Ici ! Venez m'aider à m'en sortir ! »
— Tutaj! Przyjdź i pomóż mi się z tego wydostać!"
**« Maintenant, dis-moi, Pat, qu'est-ce qu'il y a dans la fenêtre
? »**
– A teraz powiedz mi, Pat, co to jest w oknie?
« Bien sûr, Votre Honneur, je vais vous le dire »
— Pewnie, wysoki sądzie, powiem ci)
« C'est un bras qui est dans la fenêtre ! »
"To ręka, która jest w oknie!"
« Eh bien, un bras n'a rien à faire là-bas »
"Cóż, ręka nie ma tu żadnego interesu"
« Va et enlève le bras ! »
"Idź i zabierz rękę!"
Il y eut un long silence après cela
Po tych słowach zapadła długa cisza
**et Alice n'entendait que des chuchotements de temps en
temps**
a Alicja słyszała tylko szepty od czasu do czasu
et enfin elle étendit de nouveau la main
i w końcu znów rozłożyła rękę
et elle fit une autre arrachée dans les airs

i zrobiła kolejny chwyt w powietrzu
Cette fois, il y eut deux petits cris
Tym razem rozległy się dwa ciche wrzaski
et il y avait d'autres bruits de verre brisé
i było więcej odgłosów tłuczonego szkła
« Je me demande ce qu'ils vont faire ensuite ! » pensa Alice
"Ciekawe, co zrobią dalej!" pomyślała Alicja
« J'aimerais qu'ils me tirent par la fenêtre »
"Chciałbym, żeby wyciągnęli mnie przez okno"
Elle attendit un certain temps
Czekała jakiś czas
Mais pendant un moment, elle n'entendit plus rien
Przez chwilę jednak nie słyszała nic więcej
Enfin, il y eut un grondement de petites roues
W końcu rozległ się turkot małych kółek
et il y eut le son d'un bon nombre de voix
i rozległ się dźwięk wielu głosów
Toutes les voix parlaient ensemble
Wszystkie głosy mówiły ze sobą
Elle pouvait distinguer certaines des paroles
Była w stanie rozpoznać niektóre słowa
« Où est l'autre échelle ? »
– Gdzie jest druga drabina?
« Bill a l'autre échelle »
"Bill ma drugą drabinę"
« Bill, viens ici ! »
"Bill, chodź tu!"
« Le toit va-t-il supporter le fardeau ? »
"Czy dach wytrzyma ten ciężar?"
« Qui veut descendre par la cheminée ? »
"Kto chce zejść kominem?"
— Non, je ne le ferai pas ! Vous le faites !
— Nie, nie zrobię tego! Ty to zrób!"
« Tiens, Bill ! »
— Tutaj, Bill!
« Le maître dit qu'il faut descendre par la cheminée ! »
"Mistrz mówi, że musisz zejść przez komin!"

Alice descendit son pied aussi loin qu'elle le put dans la cheminée

Alicja cofnęła nogę tak głęboko w komin, jak tylko mogła

Et puis elle attendit de voir ce qui allait arriver

A potem czekała, aby zobaczyć, co ma nadejść

Elle entendit un petit animal gratter et se débattre

Usłyszała, jak małe zwierzątko drapie się i szamocze

Le petit animal doit être dans la cheminée

małe zwierzę musi być w kominie

Puis elle donna un coup de pied sec

Potem wymierzyła jednego ostrego kopniaka

et elle attendit de voir ce qui allait se passer ensuite

I czekała, co będzie dalej

Elle entendit un chœur général de voix

Usłyszała ogólny chór głosów

« Voilà Bill ! » dirent-ils tous

"Idzie Bill!" – powiedzieli wszyscy

Puis elle entendit la voix du lapin seule

Potem usłyszała sam głos królika

« Toi par la haie, attrape-le ! »

— Ty przy żywopłocie, złap go!

Il y eut un autre moment de silence

Nastąpiła kolejna chwila ciszy

Et puis il y eut une autre confusion de voix

A potem znowu zapanowało pomieszanie głosów

« Lève la tête, Brandy »

"Podnieś mu głowę, Brandy"

« Attention à ne pas l'étouffer »

"Uważaj, żeby go nie udusić"

« Qu'est-ce qui t'est arrivé ? »

— Co się z tobą stało?

Enfin, une petite voix faible et grinçante est apparue

Na koniec rozległ się trochę słaby, piskliwy głos

« Eh bien, je n'en sais presque pas plus »

"Cóż, prawie nic więcej nie wiem"

« merci à tous, je vais mieux maintenant »

"Dziękuję wam wszystkim, teraz czuję się lepiej"

« il y a une chose dont je peux me souvenir »
"Jest jedna rzecz, którą pamiętam"
« Quelque chose vient à moi comme un train dans un tunnel »
"Coś zbliża się do mnie jak pociąg w tunelu"
« Et je vole comme une fusée ! »
"a ja lecę w górę jak rakieta!"
Il y eut une minute ou deux de silence
Nastąpiła minuta lub dwie ciszy
puis ils ont recommencé à se déplacer
A potem znowu zaczęli się poruszać
et Alice entendit de nouveau le Lapin parler
i Alicja znów usłyszała, jak Królik przemawia
« Une brouette fera l'affaire, pour commencer »
"Na początek wystarczy taczka"
« Une brouette pleine de quoi ? » pensa Alice
"Taczka czego?" pomyślała Alicja
Mais elle ne fut pas tenue en suspens longtemps
Nie trzymała się jednak długo w napięciu
Une pluie de petits cailloux est passée par la fenêtre
Przez okno wpadł deszcz małych kamyczków
et quelques petits cailloux l'ont frappée au visage
a niektóre z tych kamyków uderzyły ją w twarz
Alice fut surprise par les petits cailloux
Alicja była zaskoczona małymi kamyczkami
Tous les petits cailloux se transformaient en gâteaux
Wszystkie małe kamyczki zamieniały się w ciastka
et une idée lumineuse lui vint à l'esprit
i w jej głowie pojawił się genialny pomysł
« Je devrais manger un de ces gâteaux »
"Powinienem zjeść jedno z tych ciastek"
« Le gâteau ne manquera pas de faire changer ma taille »
"Ciasto na pewno zmieni mój rozmiar"
Alors elle a avalé l'un des gâteaux
Połknęła więc jedno z ciastek
et elle fut ravie de constater qu'elle commençait à rétrécir
I była zachwycona, gdy odkryła, że zaczęła się kurczyć

Bientôt, elle fut assez petite pour franchir la porte
Wkrótce była na tyle mała, że mogła przejść przez drzwi
Elle s'est enfuie de la maison
Wybiegła z domu
Une foule de petits animaux et d'oiseaux attendaient dehors
Na zewnątrz czekał tłum małych zwierzątek i ptaków
**tous les petits oiseaux et les petits animaux se précipitèrent
sur Alice**
wszystkie małe ptaszki i zwierzęta rzuciły się na Alicję
Mais elle s'enfuit aussi vite qu'elle le put
Uciekła jednak tak szybko, jak tylko mogła
et bientôt elle se trouva en sécurité dans un bois épais
Wkrótce znalazła się bezpieczna w gęstym lesie
Alice errait dans les bois
Alicja błąkała się po lesie
Et elle pensa en elle-même :
I pomyślała sobie:
« Je sais ce que je dois faire en premier »
"Wiem, co muszę zrobić najpierw"
« Je dois d'abord grandir à ma bonne taille »
"najpierw muszę znowu urosnąć do odpowiedniego
rozmiaru"
« et puis je dois trouver mon chemin dans ce joli jardin »
"a potem muszę znaleźć drogę do tego pięknego ogrodu"
**« Je suppose que je devrais manger ou boire quelque chose
ou autre »**
"Przypuszczam, że powinienem coś zjeść lub wypić"
**« Mais la question est de savoir ce que je dois manger ou
boire ? »**
"Ale pytanie brzmi, co powinienem jeść lub pić?"
Alice regarda tout autour d'elle les fleurs
Alicja rozejrzała się dookoła po kwiatach
et elle regarda à travers les brins d'herbe
i spojrzała przez źdźbła trawy
mais elle ne voyait rien à manger ni à boire
Nie widziała jednak nic do jedzenia ani picia
Rien ne semblait être la bonne chose à manger ou à boire

Nic nie wyglądało na właściwą rzecz do jedzenia lub picia
Il y avait un gros champignon qui poussait près d'elle
W pobliżu rósł duży grzyb
le champignon était à peu près de la même taille qu'Alice
grzyb był mniej więcej tej samej wysokości co Alicja
Elle s'étira sur la pointe des pieds
Wyciągnęła się na palcach
Et elle jeta un coup d'œil par-dessus le bord du champignon
i wyjrzała przez krawędź grzyba
Ses yeux rencontrèrent immédiatement les yeux d'une grande chenille bleue
Jej oczy natychmiast spotkały się z oczami dużej niebieskiej gąsienicy
La chenille était assise sur le sommet du champignon
Gąsienica siedziała na szczycie grzyba
et la chenille avait croisé tous ses bras
a gąsienica skrzyżowała mu wszystkie ramiona
et il fumait tranquillement un long narguilé
i cicho palił długą fajkę wodną
et il ne faisait pas la moindre attention à rien
i nie zwracał najmniejszej uwagi na nic
et il n'a certainement pas fait attention à Alice
i z pewnością nie zwracał uwagi na Alicję

<h2 style="text-align:center">Les conseils d'une chenille</h2>
Porada gąsienicy

Finalement, la chenille a retiré le narguilé de sa bouche
W końcu gąsienica wyjęła fajkę wodną z pyska
et il s'adressa à Alice d'une voix languissante et endormie
i zwrócił się do Alicji ospałym, sennym głosem
« Qui es-tu ? » demanda la chenille
"Kim jesteś?" zapytała gąsienica

Alice a répondu, plutôt timidement : « Je sais à peine, monsieur. »
Alicja odparła dość nieśmiało: "Nie wiem, proszę pana"
« Juste pour le moment, c'est un peu... »
"Właśnie w tej chwili to wszystko jest trochę..."
« Je sais qui j'étais quand je me suis levé ce matin" »
"Wiem, kim byłem, kiedy wstałem dziś rano""
« mais je pense que j'ai dû changer plusieurs fois depuis »
"ale myślę, że od tamtego czasu musiałem się zmienić kilka razy"
« Qu'est-ce que tu veux dire par là ? » dit la chenille

"Co przez to rozumiesz?" zapytała gąsienica
sévèrement, la chenille lui demanda de s'expliquer
Gąsienica surowo poprosiła ją o wyjaśnienie
— Je ne peux pas m'expliquer, j'en ai peur, monsieur, dit Alice
— Obawiam się, że nie mogę się wytłumaczyć, sir — powiedziała Alicja
« parce que je ne suis pas moi-même »
"bo nie jestem sobą"
« Vous voyez, être de tant de tailles différentes en une journée, c'est très déroutant »
"Widzisz, bycie tak wieloma różnymi rozmiarami w ciągu dnia jest bardzo mylące"
Elle se redressa et dit très gravement :
Podniosła się i powiedziała bardzo poważnie:
« Je pense que tu devrais me dire qui tu es, en premier »
"Myślę, że najpierw powinnaś mi powiedzieć, kim jesteś"
« Pourquoi ? » demanda la chenille
"Dlaczego?" zapytała gąsienica
Alice ne voyait aucune bonne raison
Alicja nie potrafiła wymyślić żadnego dobrego powodu
et la chenille semblait être dans un état d'esprit très désagréable
A gąsienica wydawała się być w bardzo nieprzyjemnym stanie umysłu
alors elle s'en retourna
więc odwróciła się
« Reviens ! » la chenille l'appela
"Wracaj!" zawołała za nią gąsienica
« J'ai quelque chose d'important à dire ! »
"Mam coś ważnego do powiedzenia!"
Alice se retourna et revint
Alicja odwróciła się i wróciła
« Garde ton sang-froid », dit la chenille
— Zachowaj zimną krew — powiedziała gąsienica
— C'est tout ? dit Alice
"Czy to wszystko?" powiedziała Alicja

Et elle ravala sa colère de son mieux
I przełknęła swój gniew tak dobrze, jak tylko mogła
« Non, » dit la chenille
— Nie — odparła gąsienica
La chenille déplia ses bras
Gąsienica rozłożyła ramiona
Et il retira le narguilé de sa bouche
I znowu wyjął fajkę wodną z ust
et il a dit : « Vous pensez donc que vous avez changé, n'est-ce pas ? »
A on na to: "Więc myślisz, że się zmieniłeś, prawda?"
— J'ai peur, je suis changée, monsieur, dit Alice
— Obawiam się, że się zmieniłam, proszę pana — powiedziała Alicja
« Je ne me souviens plus des choses comme je m'en souvenais »
"Nie pamiętam rzeczy tak, jak je kiedyś pamiętam"
« et je ne reste pas plus de dix minutes de la même taille ! »
"i nie pozostaję tego samego rozmiaru dłużej niż dziesięć minut!"
« Quelle taille veux-tu faire ? » demanda la chenille
"Jakiego rozmiaru chcesz być?" zapytała gąsienica
— Oh, ma taille ne me dérange pas particulièrement, répondit vivement Alice
— Och, nie obchodzi mnie, jakiego jestem rozmiaru – odparła pospiesznie Alicja
« Je n'aime pas changer de taille si souvent, vous savez »
"Po prostu nie lubię tak często zmieniać rozmiaru, wiesz"
« J'aimerais être un peu plus grand, monsieur »
"Chciałbym być trochę większy, proszę pana"
— Si cela ne vous dérange pas, ajouta Alice
— Jeśli nie miałabyś nic przeciwko — dodała Alicja
« Dix centimètres, c'est une taille si misérable »
"Dziesięć centymetrów to taki żałosny wzrost"
« C'est une très bonne hauteur en effet ! » dit la chenille avec colère
"To naprawdę bardzo dobra wysokość!" powiedziała gąsienica

ze złością
et il se redressa tout en parlant
Mówiąc to, wyprostował się
Il mesurait exactement dix centimètres de haut
Miał dokładnie dziesięć centymetrów wzrostu
Au bout d'une minute ou deux, la chenille s'est détachée du champignon
W ciągu minuty lub dwóch gąsienica zeszła z grzyba
et il s'enfonça en rampant dans l'herbe
I wczołgał się w trawę
En s'éloignant, il fit quelques petites remarques
Odchodząc, poczynił kilka drobnych uwag
« Un côté vous fera grandir »
"Jedna strona sprawi, że urośniesz"
« Et l'autre côté te fera rapetisser »
"A druga strona sprawi, że staniesz się niższy"
« Un côté de quoi ? » pensa Alice en elle-même
"Jedna strona czego?" pomyślała Alicja
« L'autre côté de quoi ? »
— Druga strona czego?
« Le côté du champignon », dit la chenille
— Bok grzyba — powiedziała gąsienica
C'était comme si elle avait posé sa question à haute voix
Wyglądało to tak, jakby zadała pytanie na głos
et un instant plus tard, il fut hors de vue
A po chwili zniknął z pola widzenia
Alice resta pensivement à regarder le champignon
Alicja pozostała i w zamyśleniu wpatrywała się w grzyba
Elle essayait de distinguer quels étaient les deux côtés du champignon
Próbowała rozróżnić, które są dwie strony grzyba
Enfin, elle étendit ses bras autour du champignon
W końcu rozciągnęła ramiona wokół grzyba
Et elle cassa un peu les bords
i odłamała kawałek krawędzi
« Et maintenant, de quel côté est-ce ? » se dit-elle
"A teraz, która strona jest która?" powiedziała do siebie

et elle grignota un peu du mors de la main droite
i skubnęła trochę prawego wędzidła
L'instant d'après, elle sentit un violent coup sous son menton
W następnej chwili poczuła gwałtowne uderzenie pod brodą
Son menton avait heurté son pied !
Podbródek uderzył ją w stopę!
Elle fut bien effrayée par ce changement très soudain
Była bardzo przerażona tą nagłą zmianą
Elle rétrécissait très rapidement
Kurczyła się bardzo szybko
Alors elle a rapidement mangé un peu de l'autre morceau de champignon
Więc szybko zjadła trochę drugiego kawałka grzyba
Son menton était très serré contre son pied
Jej podbródek był bardzo mocno przyciśnięty do stopy
Il y avait à peine de la place pour ouvrir la bouche
Ledwo było miejsce, by otworzyć usta
mais elle parvint enfin à ouvrir la bouche
W końcu jednak udało jej się otworzyć usta
et elle avala un morceau du mors de la main gauche
i połknęła kęs kawałka lewej ręki
« Ma tête a enfin été libérée ! » dit Alice
"Nareszcie uwolniła mi się głowa!" powiedziała Alicja
Elle baissa les yeux sur elle-même
Spojrzała na siebie z góry
mais tout ce qu'elle pouvait voir, c'était une immense longueur de cou
Ale wszystko, co widziała, to ogromna długość szyi
Son cou semblait se dresser comme une tige
Jej szyja zdawała się unosić jak łodyga
et elle baissa les yeux sur une mer de feuilles vertes
i spojrzała w dół na morze zielonych liści
« Où sont passées mes épaules ? »
"Gdzie się podziały moje ramiona?"
« Et oh, mes pauvres mains, comment se fait-il que je ne puisse pas vous voir ? »

— A ja, moje biedne ręce, jak to jest, że cię nie widzę?
Mais son cou avait un avantage
Ale jej szyja miała jedną zaletę
Elle pouvait bouger la tête dans n'importe quelle direction
Mogła poruszać głową w dowolnym kierunku
En fait, elle était comme un serpent
W rzeczywistości była jak wąż
Elle zigzague gracieusement, la tête baissée
Z wdziękiem pochyliła głowę w dół
et elle remua la tête à travers les arbres
i przesunęła głowę między drzewami
Mais elle entendit alors un sifflement aigu
Ale wtedy usłyszała ostry syk
Et elle tira rapidement la tête en arrière
i szybko odchyliła głowę do tyłu
Un gros pigeon lui avait volé au visage
Duży gołąb wleciał jej w twarz
et le pigeon était violemment avec ses ailes
a gołąb gwałtownie uderzył skrzydłami

« Serpent ! » cria le pigeon
"Wąż!" zawołał gołąb
« Je ne suis pas un serpent ! » dit Alice avec indignation
"Nie jestem wężem!" powiedziała Alicja z oburzeniem
« Laisse-moi tranquille ! »
"Zostaw mnie w spokoju!"
« J'ai essayé les racines des arbres »
"Próbowałem korzeni drzew"
— Et j'ai essayé des haies, continua le pigeon
— A ja próbowałem żywopłotów — ciągnął gołąb
« Mais ces serpents ! Il n'y a pas moyen de leur plaire !
— Ale te węże! Nie da się ich zadowolić!"
Alice était de plus en plus perplexe
Alicja była coraz bardziej zdziwiona
« Comme si ce n'était pas assez compliqué de faire éclore les
œufs », a déclaré le pigeon
– Jakby to nie było wystarczająco dużo kłopotów z
wykluwaniem się jaj – powiedział gołąb
« Nuit et jour, je dois aussi faire attention aux serpents ! »
"Dniem i nocą muszę też wypatrywać węży!"
« Je venais de trouver l'arbre le plus haut de la forêt »
"Właśnie znalazłem najwyższe drzewo w lesie"
« Je serais sûrement libre des serpents ici ? »
— Na pewno byłbym tu wolny od węży?
« Et un serpent sort du ciel ! »
"I wychodzi wąż z nieba!"
« Mais je ne suis pas un serpent, je vous le dis ! » dit Alice
"Ale ja nie jestem wężem, mówię ci!" powiedziała Alicja
"Je suis un... Je suis un... Je suis une petite fille, ajouta-t-elle
d'un air un peu dubitatif
"Jestem... Jestem... Jestem małą dziewczynką – dodała z
pewnym powątpiewaniem
Après tout, elle avait traversé beaucoup de changements
W końcu przechodziła wiele zmian
« Tu cherches des œufs », dit le pigeon
– Szukasz jaj – powiedział gołąb
« Je le sais pertinemment »

"Wiem to na pewno"
« Et qu'importe que vous soyez une petite fille ou un serpent ? »
"I jakie to ma znaczenie, czy jesteś małą dziewczynką, czy wężem?"
— Cela m'importe beaucoup, dit Alice à la hâte
— To dla mnie bardzo ważne — powiedziała pośpiesznie Alicja
« mais je ne cherche pas d'œufs, en l'occurrence »
"ale ja nie szukam jajek, jak to bywa"
« et je ne voudrais pas de tes œufs de toute façon »
"A ja i tak nie chciałabym twoich jajek"
« Je n'aime pas mes œufs crus »
"Nie lubię moich jajek na surowo"
« Eh bien, allez-vous-en ! » dit le pigeon d'un ton boudeur
"No to ruszaj!" powiedział gołąb nadąsanym tonem
et le pigeon se posa de nouveau dans son nid
I gołąb ponownie usadowił się w swoim gnieździe
Alice s'accroupit parmi les arbres du mieux qu'elle put
Alicja przykucnęła między drzewami, jak tylko mogła
Son cou ne cessait de s'emmêler parmi les branches
Jej szyja wciąż zaplątywała się w gałęzie
De temps en temps, elle devait s'arrêter et se tordre le cou
Co jakiś czas musiała się zatrzymywać i odkręcać szyję
Au bout d'un moment, elle se souvint du champignon
Po chwili przypomniała sobie o grzybie
Elle tenait toujours les morceaux de champignon dans ses mains
Wciąż trzymała w rękach kawałki grzyba
et elle se mit à l'œuvre avec beaucoup de soin
I zabrała się do pracy bardzo ostrożnie
D'abord, elle a grignoté un morceau
Najpierw skubnęła jeden kawałek
puis elle grignota l'autre morceau
a potem skubnęła drugi kawałek
Parfois, elle grandissait
Czasem stawała się wyższa

et parfois elle devenait plus petite
a czasem stawała się niższa
Mais finalement, elle a atteint sa taille habituelle
Ale w końcu osiągnęła swój zwykły wzrost
Elle n'avait pas été de sa taille depuis un certain temps
Od jakiegoś czasu nie była swojego wzrostu
Tout m'a semblé étrange pendant un moment
Więc przez chwilę wszystko wydawało się dziwne
« La prochaine chose à faire est d'entrer dans ce beau jardin »
"Następną rzeczą do zrobienia jest wejście do tego pięknego ogrodu"
« Comment cela se fera-t-il, je me demande ? »
— Zastanawiam się, jak to zrobić?
En disant cela, elle tomba sur un endroit ouvert
Mówiąc to, natknęła się na otwarte miejsce
Il y avait une petite maison, un peu plus haute qu'un mètre
Stał tam mały domek, nieco wyższy niż metr
« Je me demande qui habite cette petite maison »
"Zastanawiam się, kto mieszka w tym małym domku"
« Je ne peux certainement pas y aller aussi grand que je le suis »
"Na pewno nie mogę wejść tak duży jak jestem"
« Je les effrayerais terriblement ! »
"Strasznie bym ich przestraszył!"
alors elle grignota à nouveau le petit champignon
Więc znowu skubnęła małego grzybka
et bientôt elle s'abaissa de trente centimètres
i wkrótce sprowadziła się na trzydzieści centymetrów w dół

Un cochon et du poivre
Świnia i trochę pieprzu

Pendant une minute ou deux, elle resta à regarder la maison
Przez minutę czy dwie stała i patrzyła na dom
Soudain, un valet de pied sortit en courant des bois
Nagle z lasu wybiegł lokaj
Il portait un uniforme de livrée spécial
Miał na sobie mundur w specjalnej liberii
à en juger par son seul visage, elle l'aurait traité de poisson
Sądząc tylko po jego twarzy, nazwałaby go rybą
et il frappa bruyamment à la porte avec ses jointures
i głośno zastukał knykciami do drzwi
La porte fut ouverte par un autre valet de pied
Drzwi otworzył inny lokaj
Ce valet de pied portait également une livrée spéciale
Ten lokaj również miał na sobie specjalną liberię
**Ce valet de pied avait un visage rond et de grands yeux
comme une grenouille**
Ten lokaj miał okrągłą twarz i duże oczy jak żaba

C'est le valet de pied qui ressemblait à un poisson qui a initié la cérémonie
Lokaj, który wyglądał jak ryba, zainicjował ceremonię
Il sortit quelque chose de sous son bras
Wyciągnął coś spod pachy
et il tira de dessous son bras une enveloppe
I wyjął spod pachy kopertę
et cette enveloppe, il la remit à l'autre valet de pied
i tę kopertę wręczył drugiemu lokajowi
D'un ton cérémoniel, il lui donna les ordres
Uroczystym tonem oznajmił mu rozkazy
« Ce message s'adresse à la duchesse »
"Ta wiadomość jest dla księżnej"
« Une invitation de la reine à jouer au croquet »
"Zaproszenie od królowej do gry w krokieta"
Le valet de pied qui ressemblait à une grenouille répéta l'ordre
Lokaj, który wyglądał jak żaba, powtórzył rozkaz
« De la reine »
"Od królowej"
« Une invitation »
"Zaproszenie"
« pour la duchesse »
"dla księżnej"
« Jouer au croquet »
"Gra w krokieta"
Puis ils s'inclinèrent tous les deux
Potem obaj skłonili się nisko
et les boucles de leurs perruques s'emmêlèrent
a loki w ich perukach splątały się ze sobą
Bientôt, le valet de pied qui ressemblait à un poisson a disparu
Wkrótce lokaj, który wyglądał jak ryba, zniknął
Mais le valet de pied qui ressemblait à une grenouille était toujours là
Ale lokaj, który wyglądał jak żaba, wciąż tam był
Il était assis par terre près de la porte

Siedział na ziemi przy drzwiach
Il regardait bêtement le ciel
Wpatrywał się tępo w niebo
Alice s'approcha timidement de la porte et frappa
Alicja podeszła nieśmiało do drzwi i zapukała
— Il ne sert à rien de frapper, dit le valet de pied
— Nie ma sensu pukać — rzekł lokaj
« Et ce, pour deux raisons »
"I to z dwóch powodów"
« D'abord, parce que je suis du même côté de la porte que toi »
"Po pierwsze dlatego, że jestem po tej samej stronie drzwi co ty"
« Deuxièmement, parce qu'ils font tellement de bruit à l'intérieur »
"Po drugie dlatego, że robią tyle hałasu w środku"
« Personne ne pouvait vous entendre »
"Nikt cię nie usłyszy"
Et il y avait certainement un bruit des plus extraordinaires à l'intérieur
A w środku z pewnością rozbrzmiewał niezwykły hałas
des hurlements et des éternuements constants
nieustanne wycie i kichanie
et de temps en temps un bruit de grand fracas
i co jakiś czas odgłos wielkiego trzasku
comme si un plat ou une bouilloire avait été brisé en morceaux
jakby naczynie lub czajnik zostały rozbite na kawałki
« Comment vais-je entrer ? » demanda Alice
"Jak mam się dostać?" zapytała Alicja
— Faut-il que tu entres ? dit le valet de pied
"Czy powinien pan w ogóle wejść?" zapytał lokaj
« C'est la première question, vous savez »
"To jest pierwsze pytanie, wiesz"
Alice ouvrit la porte et entra
Alicja otworzyła drzwi i weszła do środka
La porte menait directement à une grande cuisine

Drzwi prowadziły prosto do dużej kuchni
La cuisine était pleine de fumée d'un bout à l'autre
Kuchnia była pełna dymu od jednego końca do drugiego
au milieu de la cuisine se trouvait la duchesse
Na środku kuchni stała księżna
Elle était assise sur un tabouret à trois pieds
Siedziała na trójnożnym stołku
et elle allaitait un bébé
i karmiła piersią dziecko
Le cuisinier était penché au-dessus du feu
Kucharz pochylał się nad ogniem
Il remuait un grand chaudron
Mieszał w wielkim kotle
et le chaudron semblait être plein de soupe
a kocioł zdawał się być pełen zupy
**« Il y a certainement trop de poivre dans cette soupe ! » Alice
se dit**
"W tej zupie na pewno jest za dużo pieprzu!" — powiedziała
do siebie Alicja
Elle l'a dit du mieux qu'elle a pu sans éternuer
Powiedziała to najlepiej, jak potrafiła, nie kichając
Même la duchesse éternuait de temps en temps
Nawet księżna kichała od czasu do czasu
Mais les actions du bébé étaient les plus remarquables
Ale najbardziej godne uwagi były czyny dziecka
Le bébé éternuait et hurlait alternativement
Dziecko kichało i wyło na przemian
**Il n'y avait pas un instant de pause entre les hurlements et
les éternuements**
Nie było ani chwili przerwy między wyciem a kichnięciem
**Il y avait deux créatures dans la cuisine qui n'éternuaient
pas**
W kuchni były dwa stworzenia, które nie kichnęły
Le cuisinier était trop occupé pour éternuer
Kucharz był zbyt zajęty, by kichnąć
et le gros chat ne semblait pas se soucier du poivre
A duży kot zdawał się nie przejmować pieprzem

Au lieu de cela, le gros chat souriait d'une oreille à l'autre
Zamiast tego duży kot uśmiechał się od ucha do ucha
— Pourriez-vous me le dire, s'il vous plaît, dit Alice un peu timidement
— Proszę, powiedz mi — powiedziała Alicja trochę nieśmiało
« Pourquoi ton chat sourit-il comme ça ? »
"Dlaczego twój kot tak się uśmiecha?"
« C'est un Cheshire-Cat, » dit la duchesse
– To kot z Cheshire – powiedziała księżna
« Et c'est pourquoi il sourit d'une oreille à l'autre »
"I dlatego uśmiecha się od ucha do ucha"
« Je ne savais pas qu'un Cheshire-Cat souriait toujours »
"Nie wiedziałam, że kot z Cheshire zawsze się uśmiecha"
« En fait, je ne savais pas que les chats pouvaient sourire », a déclaré Alice
"Prawdę mówiąc, nie wiedziałam, że koty mogą się uśmiechać" – powiedziała Alice
— Il y a beaucoup de choses que vous ne savez pas, dit la duchesse
— Jest wiele rzeczy, których nie wiesz — rzekła księżna
« Il y a beaucoup de choses que vous ne savez pas et c'est un fait »
"Jest wiele rzeczy, których nie wiesz i to jest fakt"
Juste à ce moment-là, le cuisinier retira le chaudron de soupe du feu
W tej samej chwili kucharz zdjął z ognia kociołek z zupą
et aussitôt, elle commença à jeter tout ce qui était à sa portée
I od razu zaczęła rzucać wszystkim, co znalazło się w jej zasięgu
elle jeta tout ce qu'elle put sur la duchesse et le bébé
rzucała w księżną i dziecko wszystkim, co tylko mogła
D'abord, elle jeta les fers à feu
Najpierw rzuciła żelazne żelazka
Puis elle a jeté une poignée de casseroles
Potem rzuciła garść rondli
et enfin elle jeta les assiettes et les plats
A na koniec rzuciła talerzami i naczyniami

La duchesse ne fit pas attention à elle

Księżna nie zwracała na nią uwagi

Même lorsqu'elle a été frappée par une assiette, elle ne s'est pas inquiétée

Nawet gdy została uderzona talerzem, nie martwiła się

Le bébé hurlait déjà tellement

Dziecko już tak bardzo wyło

Il était donc impossible de dire si les coups blessaient le bébé ou non

Nie można więc było powiedzieć, czy ciosy zraniły dziecko, czy nie

« Oh, je vous en prie, faites attention à ce que vous faites ! » s'écria Alice

"Och, proszę, uważaj na to, co robisz!" zawołała Alicja

et elle sautait de haut en bas dans une agonie de terreur

i podskakiwała w górę i w dół w agonii przerażenia

la duchesse offrit le bébé à Alice

Księżna ofiarowała Alicji dziecko

« Ici ! Tu peux allaiter un peu le bébé, si tu veux !

— Tutaj! Jeśli chcesz, możesz trochę pokarmić dziecko!"

et elle lui lança l'enfant tout en parlant

Mówiąc to, rzuciła w nią dzieckiem

« Je dois aller me préparer à jouer au croquet avec la reine »

"Muszę iść i przygotować się do gry w krokieta z królową"

et elle se hâta de sortir de la chambre

i wybiegła pospiesznie z pokoju

Alice attrapa le bébé avec quelque difficulté

Alicja złapała dziecko z pewnym trudem

parce que c'était une petite créature de forme très étrange

ponieważ było to małe stworzenie o bardzo dziwnym kształcie

et l'enfant tendit les bras et les jambes dans toutes les directions

A dziecko wyciągało ręce i nogi we wszystkich kierunkach

« Je ferais mieux d'emmener cet enfant avec moi », pensa Alice

"Lepiej zabiorę to dziecko ze sobą" – pomyślała Alicja

« Ils sont sûrs de tuer ce bébé dans un jour ou deux »
"Na pewno zabiją to dziecko w dzień lub dwa"
« Ne serait-ce pas un meurtre de laisser ce bébé derrière soi ?
»
– Czy nie byłoby morderstwem zostawić to dziecko?
Elle prononça les derniers mots à haute voix
Ostatnie słowa wypowiedziała na głos
Et la petite créature grogna en réponse
A mała istota chrząknęła w odpowiedzi
« Tu ferais mieux de ne pas te transformer en cochon, ma
chère, » dit Alice
– Lepiej nie zamieniaj się w świnię, moja droga – powiedziała
Alicja
« ou alors je n'aurai plus rien à faire avec toi »
"bo inaczej nie będę miał z tobą nic wspólnego"
Alice commençait à peine à penser en elle-même :
Alicja właśnie zaczynała myśleć sobie:
« Maintenant, que vais-je faire de cette créature, quand je la
ramène à la maison ? »
— A teraz, co mam zrobić z tym stworzeniem, kiedy
przyniosę je do domu?
Mais alors la petite créature grogna un peu violemment
Ale wtedy małe stworzenie chrząknęło trochę gwałtownie
et Alice baissa les yeux sur son visage avec une certaine
inquiétude
a Alicja spojrzała mu w twarz z pewnym niepokojem
Cette fois, il ne pouvait y avoir d'erreur à ce sujet
Tym razem nie mogło być żadnej pomyłki
Ce n'était ni plus ni moins qu'un cochon
Nie było to ani mniej, ani więcej niż świnia
alors elle déposa la petite créature
Położyła więc małe stworzenie na ziemi
et la petite créature s'éloigna tranquillement dans le bois
A małe stworzenie cicho odbiegło kłusem w głąb lasu
Alice se sentit tout à fait soulagée de voir la créature partir
Alice poczuła ulgę, widząc, jak stwór odchodzi
Alice fut un peu surprise en voyant le Chat-Cheshire

Alicja była nieco zaskoczona, gdy zobaczyła kota z Cheshire
Il était assis sur une branche d'arbre à quelques mètres de là
Siedział na konarze drzewa kilka metrów dalej
Le chat ne sourit que lorsqu'il la vit
Kot uśmiechnął się tylko na jej widok
« Chat du Cheshire », commença Alice un peu timidement
– Kot z Cheshire – zaczęła Alicja dość nieśmiało
**« Pourriez-vous s'il vous plaît me dire dans quelle direction
je dois aller à partir d'ici ? »**
— Czy mógłbyś mi powiedzieć, którędy powinienem stąd iść?
« Dans cette direction », dit le chat
– W tamtym kierunku – powiedział kot
et il agita la patte droite
i machnął prawą łapą
**« C'est dans cette direction que vit un fabricant de
chapeaux »**
"W tym kierunku mieszka producent kapeluszy"
puis le chat agita son autre patte
A potem kot machnął drugą łapą
« Et dans cette direction vit un lièvre de marche »
"A w tamtym kierunku mieszka zając marszowy"
**« Visitez l'un ou l'autre de vos goûts ; Ils sont tous les deux
fous"**
"Odwiedzaj, kogo chcesz; Oboje są szaleni"
— Mais je ne veux pas aller parmi des fous, remarqua Alice
– Ale ja nie chcę wchodzić wśród szaleńców – zauważyła
Alicja
« Oh, tu ne peux pas t'en empêcher, » dit le Chat
– Och, nic na to nie poradzisz – powiedział Kot
« Nous sommes tous fous ici »
"Wszyscy jesteśmy tu szaleni"
« Tu joues au croquet avec la reine aujourd'hui ? »
– Grasz dziś w krokieta z królową?
— J'aimerais beaucoup, dit Alice
– Bardzo bym chciała – powiedziała Alicja
« mais je n'ai pas encore été invité »
"ale ja jeszcze nie zostałem zaproszony"

« Tu me verras là-bas », dit le Chat
– Zobaczysz mnie tam – powiedział Kot
et d'un instant à l'autre le chat disparaissait
i z chwili na chwilę kot znikał
bientôt Alice arriva en vue de la maison du lièvre de marche
Wkrótce Alicja znalazła się w zasięgu wzroku domu zająca
marszowego
C'était une très grande maison
Był to bardzo duży dom
alors Alice ne voulait pas s'approcher de la maison
więc Alicja nie chciała zbliżać się do domu
D'abord, elle a dû grignoter un peu plus du morceau de
champignon du côté gauche
Najpierw musiała skubnąć jeszcze trochę kawałka grzyba z
lewej strony

Un thé fou
Szalone przyjęcie herbaciane

Devant la maison, il y avait un arbre
Przed domem rosło drzewo
et sous l'arbre, il y avait une table
a pod drzewem stał stół
et la table était dressée avec toutes sortes de couverts
a stół był zastawiony wszelkiego rodzaju sztućcami
Le lièvre de mars et le chapelier étaient à table
Marcowy zając i kapelusznik siedzieli przy stole
et ensemble ils prenaient le thé
i razem pili herbatę
Un loir était assis entre eux
Między nimi siedziała popielica
et le loir dormait profondément
a popielica mocno spała
La table était d'une taille extraordinaire
Stół był niezwykłych rozmiarów
mais la majeure partie de la table était inoccupée
ale większość stołu była wolna
Ils étaient assis serrés les uns contre les autres dans un coin de la table
Siedzieli stłoczeni w jednym rogu stołu
et pourtant ils s'excusaient quand ils voyaient Alice
a jednak szukali wymówek, gdy zobaczyli Alicję
« Pas de place ! Pas de place ! » crièrent-ils
"Nie ma miejsca! Nie ma miejsca!" – krzyczeli
« Il y a beaucoup de place ! » dit Alice avec indignation
"Jest dużo miejsca!" powiedziała Alicja z oburzeniem
À l'une des extrémités de la table, il y avait un grand fauteuil
Na jednym końcu stołu stał duży fotel
et Alice s'assit dans le fauteuil
a Alicja sama usiadła w fotelu
Le chapelier ouvrit de grands yeux
Kapelusznik otworzył szeroko oczy
Il n'arrivait pas à croire ce qu'il voyait

Nie mógł uwierzyć w to, co widzi
Mais son esprit était curieux d'autres choses
Ale jego umysł był ciekawy innych rzeczy
« Pourquoi un corbeau est-il comme un bureau ? »
"Dlaczego kruk jest jak biurko?"
Alice était prête à relever le défi
Alicja była otwarta na to wyzwanie
**« Je suis content qu'ils aient commencé à poser des
énigmes »**
"Cieszę się, że zaczęli zadawać zagadki"
— Je crois que je peux le deviner, ajouta-t-elle à haute voix
– Chyba mogę się tego domyślić – dodała głośno
Le lièvre de mars s'est curieux de connaître Alice
Marcowy zając zaciekawił się Alicją
**« Pensez-vous vraiment que vous pouvez trouver la réponse
? »**
– Naprawdę myślisz, że znajdziesz odpowiedź?
— Je crois que je peux trouver la réponse, en effet, dit Alice
– Myślę, że rzeczywiście znajdę odpowiedź – powiedziała
Alicja
**« Alors, tu devrais dire ce que tu veux dire », continua le
lièvre de marche**
— W takim razie powinieneś powiedzieć, co masz na myśli —
ciągnął dalej zając marszowy
— Je dis ce que je pense, répondit vivement Alice
— Mówię to, co mam na myśli — odparła pośpiesznie Alicja
« à tout le moins, je pense ce que je dis »
"Przynajmniej mam na myśli to, co mówię"
« C'est la même chose, vous savez »
"To jest to samo, wiesz"
Le loir a également contribué à la conversation
Popielica również przyczyniła się do rozmowy
mais le loir semblait parler dans son sommeil
Ale popielica zdawała się mówić przez sen
« Je respire quand je dors »
"Oddycham, kiedy śpię"
« Je dors quand je respire ! »

"Śpię, kiedy oddycham!"
« Autant dire qu'ils sont les mêmes aussi »
"Równie dobrze można powiedzieć, że są takie same"
« C'est la même chose pour toi », dit le chapelier
— Z tobą jest tak samo — rzekł kapelusznik
Et il versa un peu de thé sur le nez du loir
i wylał trochę herbaty na nos popielicy
Le Loir secoua la tête avec impatience
Popielica potrząsnęła niecierpliwie głową
et le loir parla de nouveau, sans ouvrir les yeux
I znowu popielica przemówiła, nie otwierając oczu
« Bien sûr, bien sûr que c'est la même chose »
"Oczywiście, oczywiście, że jest tak samo"
« C'est juste ce que j'allais dire moi-même »
"To jest właśnie to, co sam zamierzałem powiedzieć"

Le chapelier se tourna vers Alice et lui posa une autre question

Kapelusznik odwrócił się do Alicji i zadał kolejne pytanie

« As-tu déjà deviné l'énigme ? »

— Odgadłeś już zagadkę?

« Non, j'abandonne », a concédé Alice

– Nie, poddaję się – przyznała Alicja

« Quelle est la réponse ? » voulait-elle savoir

"Jaka jest odpowiedź?" – chciała wiedzieć

— Je n'en ai pas la moindre idée, dit le chapelier

— Nie mam najmniejszego pojęcia — odparł kapelusznik

« Moi non plus, » dit le lièvre de marche

— Ja też nie wiem — odparł zając marszowy

Alice poussa un soupir de lassitude

Alicja westchnęła ze znużeniem

« Il y a de meilleures utilisations du temps que des énigmes sans réponses »

"Lepsze wykorzystanie czasu niż zagadki bez odpowiedzi"

« Prends encore du thé », dit le lièvre de marche à Alice, très sérieusement

— Napij się jeszcze herbaty — rzekł zając do Alicji bardzo poważnie

Alice était assez offensée par l'offre

Alicja poczuła się bardzo urażona tą propozycją

— Je n'ai pas encore pris de thé, répondit Alice

– Nie piłam jeszcze herbaty – odparła Alicja

« donc je ne peux plus prendre de thé »

"dlatego nie mogę już napić się herbaty"

— Vous voulez dire que vous ne pouvez pas prendre moins de thé, dit le chapelier

– To znaczy, że nie możesz wypić mniej herbaty – powiedział kapelusznik

« C'est très facile de prendre plus que rien »

"Bardzo łatwo jest wziąć więcej niż nic"

À ces mots, Alice se leva et s'en alla

Na to Alicja wstała i odeszła

Le loir s'endormit instantanément

Popielica natychmiast zasnęła
et ni l'un ni l'autre ne firent la moindre attention à son départ
i żaden z pozostałych nie zwrócił najmniejszej uwagi na jej odejście
bien qu'elle ait regardé en arrière une ou deux fois
choć raz czy dwa spojrzała za siebie
Ils essayaient de mettre le loir dans la théière
Próbowali włożyć popielicę do dzbanka do herbaty
« En tout cas, je n'y retournerai plus ! » dit Alice
— W każdym razie nigdy więcej tam nie pójdę! — rzekła Alicja
et elle se fraya un chemin à travers les bois
I szła przez las
« c'était le thé le plus stupide auquel j'aie jamais assisté »
"To było najgłupsze przyjęcie herbaciane, na jakim kiedykolwiek byłem"
Juste au moment où elle disait cela, elle remarqua quelque chose
W chwili, gdy to mówiła, zauważyła coś
L'un des arbres avait une porte qui y menait directement
Na jednym z drzew prowadziły drzwi
« C'est très intéressant ! » a-t-elle pensé
"To bardzo interesujące!" – pomyślała
« Je pense que je peux aussi bien passer la porte »
"Myślę, że równie dobrze mogę przejść przez drzwi"
Et elle passa par la porte
I weszła przez drzwi
Une fois de plus, elle se retrouva dans le long couloir
Raz jeszcze znalazła się w długim korytarzu
de nouveau, elle était près de la petite table de verre
Znów znalazła się blisko małego szklanego stolika
Elle prit la petite clé d'or
Wzięła mały złoty kluczyk
et elle ouvrit la porte qui donnait sur le jardin
I otworzyła drzwi prowadzące do ogrodu
Puis elle s'est mise au travail pour grignoter le champignon

Potem zabrała się do pracy, skubiąc grzyba
Elle avait gardé un morceau du champignon dans sa poche
Trzymała kawałek grzyba w kieszeni
Et finalement, elle mesurait environ un mètre
Aż w końcu osiągnęła około metra wzrostu
Puis elle descendit le petit couloir
Potem poszła małym korytarzem
Et puis elle s'est finalement retrouvée dans le magnifique jardin
A potem w końcu znalazła się w pięknym ogrodzie
et elle était parmi les fleurs brillantes et les fontaines fraîches
i była wśród jasnych kwiatów i chłodnych fontann

Le terrain de croquet de la reine
Boisko do krokieta królowej
Un grand rosier se dressait près de l'entrée du jardin
Duże drzewo różane rosło przy wejściu do ogrodu
Les roses qui poussaient sur l'arbre étaient blanches
Róże rosnące na drzewie były białe
Mais il y avait trois jardiniers qui peignaient la rose
Ale było trzech ogrodników, którzy malowali różę
Ils étaient occupés à peindre les roses en rouge
Pracowicie malowali róże na czerwono
et Alice les regardait peindre les roses en rouge
a Alicja patrzyła, jak malują róże na czerwono
et soudain leurs yeux tombèrent par hasard sur Alice
i nagle ich oczy padły przypadkiem na Alicję
Alice parlait un peu timidement
Alicja odezwała się trochę nieśmiało
« Pourriez-vous me le dire, s'il vous plaît ? »
— Czy mógłbyś mi powiedzieć, proszę?
« Pourquoi peignez-vous tous ces roses ? »
– Dlaczego wszyscy malujecie te róże?
cinq et sept ne dirent rien, mais regardèrent deux
Pięć i Siedem nic nie powiedziały, tylko spojrzały na dwie
deux d'entre eux parlèrent à voix basse
Dwóch odezwało się ściszonym głosem
— Eh bien, le fait est, voyez-vous, madame.
— Przecież przecież tak jest, widzi pani...
« Celui-ci aurait dû être un rosier rouge »
"To tutaj powinno być czerwoną różą"
« Et nous avons mis un rosier blanc par erreur »
"I przez pomyłkę posadziliśmy białą różę"
« Comme vous en conviendrez, la reine ne doit pas le découvrir »
"Jak można się zgodzić, królowa nie może się tego dowiedzieć"
« Sinon, nous aurions tous la tête tranchée »
"W przeciwnym razie wszyscy byśmy mieli obcięte głowy"
« Alors vous voyez, madame, nous faisons de notre mieux »

"Więc widzi pani, robimy wszystko, co w naszej mocy"
La cinquième carte avait regardé anxieusement à travers le jardin
Karta piąta z niepokojem rozglądała się po ogrodzie
À ce moment, la cinquième carte cria : « La dame ! La reine !
W tym momencie karta piąta zawołała: "Królowa! Królowa!"
Et les trois jardiniers s'enfuirent aussitôt
Trzej ogrodnicy natychmiast odeszli
et ils se jetèrent à plat ventre
i rzucili się na twarze
Il y eut un bruit de nombreux pas
Rozległ się odgłos wielu kroków
Alice regarda autour d'elle, impatiente de voir la reine
Alicja rozejrzała się dookoła, nie mogąc się doczekać spotkania z królową
Au début de la procession se trouvaient dix soldats
Na początku procesji szło dziesięciu żołnierzy
leurs mains et leurs pieds étaient dans les coins
Ich ręce i nogi znajdowały się w kątach
et dans leurs mains et leurs pieds étaient des massues
a w rękach i nogach mieli pałki
Venaient ensuite les dix courtisans
Dalej przyszło dziesięciu dworzan
Les courtisans étaient partout ornés de diamants
Dworzanie byli cały ozdobioni diamentami
Après les courtisans sont venus les enfants royaux
Po dworzanach przyszły królewskie dzieci
Il y avait dix enfants royaux
Królewskich dzieci było dziesięcioro
et tous les enfants royaux étaient ornés de cœurs
a wszystkie dzieci królewskie były ozdobione sercami
Venaient ensuite les invités ; principalement des rois et des reines
Następni byli goście; głównie królowie i królowe
et parmi les rois et la reine, Alice vit quelqu'un
a wśród królów i królowej Alicja ujrzała kogoś
Elle revit le lapin blanc qu'elle avait chassé

Znów zobaczyła białego królika, którego goniła
Le cortège était suivi par le valet de cœur
Za procesją podążał kręt serc
Il portait la couronne du roi
Niósł koronę królewską
et la couronne du roi était sur un coussin de velours cramoisi
a korona królewska spoczywała na poduszce z
karmazynowego aksamitu
Et puis vint la fin de ce grand cortège
A potem nadszedł koniec tej wielkiej procesji
Et là, à la fin, il y avait le Roi et la Reine de Cœur
A tam na końcu byli Król i Królowa Kier
le cortège arriva en face d'Alice
procesja szła naprzeciwko Alicji
et ils s'arrêtèrent tous et la regardèrent
i wszyscy zatrzymali się i spojrzeli na nią
et la reine dit sévèrement : « Qui est-ce ? »
Królowa rzekła surowo: "Kto to jest?"
Elle l'a dit au Valet de Cœur
Powiedziała to do Króla Kier
Mais il s'est contenté de s'incliner et de sourire en réponse
Ale on tylko się ukłonił i uśmiechnął w odpowiedzi
Alice parla très poliment
Alicja odezwała się bardzo grzecznie
« Je m'appelle Alice, alors faites plaisir à Votre Majesté »
"Mam na imię Alicja, więc proszę Wasza Wysokość"
Mais elle avait d'autres pensées pour elle-même
Miała jednak inne myśli dla siebie
« Ce n'est qu'un jeu de cartes, après tout ! »
"W końcu to tylko talia kart!"
« Savez-vous jouer au croquet ? » cria la reine
"Umiesz grać w krykieta?" krzyknęła królowa
La question était évidemment destinée à Alice
Pytanie było ewidentnie skierowane do Alicji
— Oui ! dit Alice d'une voix forte
— Tak — odparła głośno Alicja
« Venez jouer alors ! » rugit la reine

"Chodź się więc pobawić!" ryknęła królowa
une voix timide s'adressa à Alice
Nieśmiały głos przemówił do Alicji
« C'est une très belle journée ! »
"To bardzo piękny dzień!"
Elle se promenait près du lapin blanc
Szła obok białego królika
et le Lapin Blanc jetait un coup d'œil anxieux sur son visage
a Biały Królik z niepokojem zerkał jej w twarz
« Une très belle journée, en effet, confirma Alice
— Doprawdy bardzo piękny dzień — potwierdziła Alicja
« Où est la duchesse ? »
— Gdzie jest księżna?
« Chut ! Chut ! dit le Lapin
— Cicho! Cicho!" powiedział Królik
« Elle est sous le coup d'une sentence d'exécution »
"Jest pod wyrokiem egzekucji"
« Pourquoi est-elle exécutée ? » demanda Alice
"Za co ona jest stracona?" zapytała Alicja
« Elle a éraflé les oreilles de la reine », commença le lapin
– Podrapała uszy królowej – zaczął królik
cria la reine d'une voix de tonnerre
— krzyknęła królowa grzmiącym głosem
« Retournez à vos endroits ! »
"Ruszaj na swoje miejsca!"
et les gens se mirent à courir dans toutes les directions
i ludzie zaczęli biegać we wszystkich kierunkach
et ils tombèrent tous les uns contre les autres
i wszyscy runęli na siebie
Cependant, ils se sont calmés en une minute ou deux
Jednak ustatkowali się w ciągu minuty lub dwóch
Et puis le jeu a commencé
A potem zaczęła się gra
Alice n'avait jamais vu un terrain de croquet aussi curieux
Alicja nigdy nie widziała tak osobliwego boiska do krokieta
L'herbe n'était que crêtes et sillons
Trawa była cała w grzbietach i bruzdach

Les boules de croquet étaient de vrais hérissons
Kule do krokieta były prawdziwymi jeżami
Et les maillets étaient de vrais flamants roses
A młotki były prawdziwymi flamingami
et les soldats se tinrent sur leurs mains et leurs pieds
A żołnierze stanęli na rękach i nogach
Parce que les arches ont été faites à partir de leurs corps
ponieważ łuki zostały zrobione z ich ciał
Les joueurs ont tous joué en même temps
Wszyscy gracze grali jednocześnie
Personne n'attendait son tour
Nikt nie czekał na swoją kolej
et tout le monde se querellait avec tout le monde
i wszyscy kłócili się ze wszystkimi
et tous se battaient pour les hérissons
i wszyscy walczyli za jeże
Bientôt, la reine fut dans une colère furieuse
Wkrótce królowa wpadła we wściekłą namiętność
et elle s'est mise à piétiner et à crier
A ona zaczęła tupać i krzyczeć
« Coupez-lui la tête ! »
"Odrąb mu głowę!"
« Coupez-lui la tête ! »
"Odrąb jej głowę!"
« Coupez-leur la tête ! »
"Odrąbać im wszystkie głowy!"
De nouveau, Alice pensa en elle-même
Alicja znowu zamyśliła się
« Ils sont affreusement friands de décapiter les gens ici »
"Strasznie lubią tu ścinać ludziom głowy"
« Ce qui est très étonnant, c'est qu'il reste quelqu'un en vie !
»
"To wielki cud, że ktokolwiek pozostał przy życiu!"
Elle cherchait un moyen de s'échapper
Rozglądała się za jakimś sposobem ucieczki
Elle remarqua une curieuse apparition dans l'air
Zauważyła w powietrzu coś dziwnego

« C'est le chat du Cheshire », se dit-elle
– To kot z Cheshire – powiedziała do siebie
« maintenant j'aurai quelqu'un à qui parler »
"Teraz będę miał z kim porozmawiać"
« Comment vas-tu ? » dit le chat
"Jak sobie radzisz?" zapytał kot
« Je ne pense pas qu'ils jouent du tout équitablement », a
déclaré Alice
– Nie sądzę, żeby grali uczciwie – powiedziała Alice
et elle avait un ton plutôt plaintif
i miała raczej narzekający ton
« Ils se querellent tous si affreusement »
"Wszyscy tak strasznie się kłócą"
« On ne s'entend pas parler »
"Nie słychać samego siebie, co mówi"
« Et ils ne semblent pas jouer selon des règles »
"I wydaje się, że nie grają według żadnych zasad"
le chat a posé une question à Alice à voix basse
kot zadał Alicji pytanie ściszonym głosem
« Comment aimez-vous la reine ? »
– Jak ci się podoba królowa?
— Je ne l'aime pas du tout, dit Alice
– Wcale jej nie lubię – powiedziała Alicja

Alice pensa qu'elle ferait aussi bien d'y retourner
Alicja pomyślała, że równie dobrze może wrócić
Elle voulait voir comment le match se passait
Chciała zobaczyć, jak idzie gra
Elle est partie à la recherche de son hérisson
Poszła szukać swojego jeża
Le hérisson était occupé à combattre un autre hérisson
Jeż był zajęty walką z innym jeżem
C'était une excellente occasion
To była doskonała okazja
Elle pouvait croquer un hérisson avec l'autre
Potrafiła krokietować jednego jeża drugim
Mais son flamant rose était de l'autre côté du jardin
Ale jej flaming znajdował się po drugiej stronie ogrodu
Le flamant rose était plutôt maladroit
Flaming był dość niezdarny
Son flamant rose essayait de s'envoler dans un arbre
Jej flaming próbował wlecieć na drzewo
Elle attrapa le flamant rose par la patte
Złapała flaminga za nogę
Et elle glissa le flamant rose sous son bras
I schowała flaminga pod pachę
De cette façon, le flamant rose ne pouvait plus s'échapper
W ten sposób flaming nie mógł już uciec
Juste à ce moment-là, Alice rencontra la duchesse
Właśnie wtedy Alicja spotkała księżną
La duchesse était maintenant sortie de prison
Księżna wyszła już z więzienia
Elle glissa affectueusement son bras sous celui d'Alice
Wsunęła czule rękę pod ramię Alicji
puis ils sont partis ensemble
A potem odeszli razem
Alice était très heureuse de la trouver d'une humeur si agréable
Alicja była bardzo zadowolona, że znalazła ją w tak miłym usposobieniu

Elle était cependant un peu surprise
Była jednak trochę zaskoczona
Elle entendit la voix de la duchesse près de son oreille
Usłyszała głos księżnej tuż przy uchu
« Tu penses à quelque chose, ma chérie »
"Myślisz o czymś, moja droga"
« Et ça fait oublier de parler »
"A to sprawia, że zapominasz o rozmowie"
« Le jeu se passe un peu mieux maintenant », a déclaré Alice
– Gra idzie teraz o wiele lepiej – powiedziała Alice
C'était une façon de poursuivre la conversation
Był to jeden ze sposobów na podtrzymanie rozmowy
— C'est vrai, dit la duchesse
— Istotnie — rzekła księżna
« Et la morale de cela est la suivante : »
"Morał z tego jest taki:
« C'est l'amour qui fait tout ! »
"To miłość czyni wszystko!"
« L'amour est ce qui fait tourner le monde »
"Miłość jest tym, co sprawia, że świat się kręci"
Alice avait une autre explication
Alicja miała inne wytłumaczenie
« C'est fait par tout le monde qui s'occupe de ses propres affaires ! »
"Robi to każdy, kto zajmuje się swoimi sprawami!"
— Ah ! Vous pourriez avoir raison"
— Ach, cóż! Możesz mieć rację"
— Tout cela signifie à peu près la même chose, dit la duchesse
— To wszystko znaczy mniej więcej to samo — rzekła księżna
et elle enfonça son petit menton pointu dans l'épaule d'Alice
i wbiła swój ostry podbródek w ramię Alicji
« Et la morale de cela est la suivante »
"Morał z tego jest taki"
« Prendre soin du sens »
"Zadbaj o zmysł"
« Et puis les sons prendront soin d'eux-mêmes »

"A wtedy dźwięki same się o siebie zatroszczą"
Mais alors le bras de la duchesse se mit à trembler
Ale wtedy ręka księżnej zaczęła drżeć
Alice leva les yeux et la reine se tenait là
Alicja spojrzała w górę, a tam stała królowa
La reine avait les bras croisés
Królowa miała założone ręce
Et elle fronçait les sourcils comme un orage !
A ona marszczyła brwi jak burza!
« Je vous préviens », cria la reine
— Uprzedzam cię uczciwie — krzyknęła królowa
et elle piétina le sol tout en parlant
Mówiąc to, tupnęła na ziemię
« Soit ta tête, soit sa tête doit être coupée »
"Albo twoja głowa, albo jej głowa musi być odcięta"
« Faites votre choix ! »
"Dokonaj wyboru!"
« Et soyez rapide à ce sujet »
"I nie spiesz się"
La duchesse fait son choix
Księżna dokonała wyboru
et au bout d'un instant la duchesse avait disparu
Po chwili księżna zniknęła
Puis la reine s'adressa à Alice
Następnie królowa przemówiła do Alicji
« Continuons le jeu »
"Kontynuujmy grę"
Alice était trop effrayée pour dire un mot
Alicja była zbyt przerażona, by powiedzieć słowo
et elle la suivit lentement jusqu'au terrain de croquet
i powoli podążyła za nią z powrotem na boisko do krokieta
Pendant tout ce temps, la reine s'est querellée avec les autres joueurs
Przez cały czas królowa kłóciła się z innymi graczami
« Coupez-lui la tête ! »
"Odrąb mu głowę!"
« Coupez-lui la tête ! »

"Odrąb jej głowę!"
« Coupez-leur la tête ! »
"Odrąbać im wszystkie głowy!"
Bientôt, tous les joueurs ont été en garde à vue
Wkrótce wszyscy zawodnicy znaleźli się w areszcie
il ne restait que le roi, la reine et Alice
pozostał tylko król, królowa i Alicja
Puis la reine s'en alla, tout à fait essoufflée
Potem królowa odeszła, zupełnie zdyszana
et elle s'en alla avec Alice
i odeszła z Alicją
Alice entendit le roi dire quelque chose
Alicja usłyszała, jak król cicho coś mówi
« Vous êtes tous pardonnés »
"Wszyscy jesteście ułaskawieni"
Mais soudain, un autre cri se fit entendre
Nagle jednak rozległ się kolejny krzyk
« Le procès commence ! »
"Zaczyna się próba!"
et Alice courut avec les autres
a Alicja pobiegła razem z innymi

Qui a volé les tartes ?

Kto ukradł tarty?

Le roi et la reine de cœur étaient assis

Król i królowa kier zasiedli na swoich miejscach

ils étaient sur leur trône quand Alice arriva

Siedzieli na tronie, gdy przybyła Alicja

Il y avait une grande foule rassemblée autour d'eux

Wokół nich zebrał się wielki tłum

Il y avait toutes sortes de petits oiseaux et de bêtes

Były tam różnego rodzaju małe ptaszki i zwierzęta

Et il y avait tout le paquet de cartes

i była cała talia kart

Le coquin se tenait devant eux, enchaîné

stał przed nimi, zakuty w kajdany

et il y avait un soldat de chaque côté pour le garder

A po każdej stronie był żołnierz, który go strzegł

près du roi était le lapin blanc

obok króla leżał biały królik

Il avait une trompette dans une main

W jednej ręce trzymał trąbkę

et il avait un rouleau de parchemin dans l'autre main

a w drugiej ręce trzymał zwój pergaminu

Au milieu de la cour se trouvait une table

Na samym środku boiska znajdował się stół

Sur la table, il y avait un grand plat de tartes

Na stole leżał duży półmisek z tartami

« J'aimerais qu'ils fassent le procès », pensa Alice

"Chciałabym, żeby udało im się przeprowadzić ten proces" –
pomyślała Alice

**« Alors nous pourrions manger quelques-uns de ces
rafraîchissements ! »**

"A potem moglibyśmy zjeść trochę tych przekąsek!"

Le juge, soit dit en passant, était le roi
Sędzią, nawiasem mówiąc, był król
et il portait sa couronne sur sa grande perruque
i nosił koronę swoją na swojej wielkiej peruce
« C'est le banc des jurés, pensa Alice
"To jest ława przysięgłych" – pomyślała Alicja
« Et ces douze créatures, je suppose qu'elles sont les jurés »
"A te dwanaście stworzeń, przypuszczam, że to są przysięgli"
certains étaient des animaux, et d'autres étaient des oiseaux
Niektóre z nich były zwierzętami, a niektóre ptakami
Juste à ce moment-là, le lapin blanc a crié
Właśnie wtedy biały królik krzyknął
« Silence dans la cour ! »
"Cisza na dziedzińcu!"
« Héraut, lisez l'accusation ! » dit le roi
— Herold, przeczytaj oskarżenie! — rzekł król
Le lapin blanc souffla trois coups de trompette
Biały królik zadął w trąbkę trzy razy
Puis il déroula le parchemin
Potem rozwinął pergaminowy zwój
Et il a lu ce qui suit :
I czytał co następuje:
« La reine de cœur, elle a fait des tartes, »
"Królowa kier, zrobiła tarty"

« Tout cela, elle l'a fait un jour d'été »
"Wszystko to uczyniła w letni dzień"
« Le valet de cœur, il a volé ces tartes »
"serc, ukradł te tarty"
« Et il a emporté ces tartes loin ! »
— A on zabrał te tarty daleko!
« Appelez le premier témoin », dit le roi
— Wezwij pierwszego świadka — rzekł król
et le lapin blanc souffla trois coups de trompette
A biały królik zadął w trąbę trzy razy
« Amenez le premier témoin ! » cria-t-il
"Przyprowadźcie pierwszego świadka!" — zawołał
Le premier témoin était le chapelier
Pierwszym świadkiem był kapelusznik
Il entra avec une tasse de thé dans une main
Wszedł z filiżanką herbaty w jednej ręce
et il avait un morceau de pain et de beurre dans l'autre main
A w drugiej ręce trzymał kawałek chleba z masłem
« Tu aurais dû finir », dit le roi
— Powinieneś był skończyć — rzekł król
« Quand avez-vous commencé ? »
– Kiedy zacząłeś?
Le chapelier regarda le lièvre de marche
Kapelusznik spojrzał na maszerującego zająca
Le lièvre de marche l'avait suivi dans la cour
Marcowy zając podążył za nim na dwór
Il avait marché bras dessus bras dessous avec le loir
Szedł ramię w ramię z popielicą
« Le quatorzième mars, je crois, dit-il
— Czternastego marca, zdaje mi się, że to było — odparł
« Rendez votre témoignage », dit le roi
— Złóż świadectwo — rzekł król
« Et ne sois pas nerveux, ou je te ferai exécuter sur-le-champ »
"I nie denerwuj się, bo każę cię rozstrzelać na miejscu"
Cela n'a pas semblé encourager du tout le témoin
Nie wyglądało na to, by świadkowi to wcale zachęciło

Il n'arrêtait pas de se déplacer d'un pied sur l'autre
Przestępował z nogi na nogę
et il regarda la reine avec inquiétude
i spojrzał z niepokojem na królową
et, dans sa confusion, il mordit un gros morceau de sa tasse de thé
I, w swoim zakłopotaniu, odgryzł duży kawałek ze swojej filiżanki
En réalité, il voulait croquer dans son pain et son beurre
Naprawdę miał ochotę ugryźć chleb z masłem
Juste à ce moment, Alice éprouva une sensation très curieuse
Właśnie w tym momencie Alicja poczuła bardzo dziwne uczucie
Elle commençait à grossir à nouveau
Zaczynała znowu rosnąć
Le misérable chapelier laissa tomber sa tasse de thé
Nieszczęsny kapelusznik upuścił filiżankę z herbatą
et le pain et le beurre tombèrent à terre
a chleb z masłem upadł na ziemię
et il mit un genou à terre
I upadł na jedno kolano
« Je suis un pauvre homme, Votre Majesté », a-t-il commencé
— Jestem biednym człowiekiem, Wasza Królewska Mość — zaczął
« Vous êtes un bien mauvais orateur, » dit le roi
— Jesteś bardzo słabym mówcą — rzekł król
« Tu peux y aller, » dit le roi
— Możesz iść — rzekł król
et le chapelier quitta précipitamment la cour
Kapelusznik pospiesznie opuścił dziedziniec
« Appelez le témoin suivant ! » dit le roi
"Wezwij następnego świadka!" powiedział król
Le témoin suivant fut le cuisinier de la duchesse
Następnym świadkiem był kucharz księżnej
Elle portait la poivrière à la main
W ręku trzymała pudełko pieprzu
et les gens près de la porte se mirent à éternuer tout à coup

A ludzie stojący przy drzwiach zaczęli kichać nagle
« Rendez votre témoignage », dit le roi
— Złóż świadectwo — rzekł król
— Je ne donnerai aucun témoignage, dit le cuisinier
— Nie będę zeznawał — rzekł kucharz
Le roi regarda anxieusement le lapin blanc
Król spojrzał z niepokojem na białego królika
Et le lapin blanc parlait d'une voix douce
A biały królik przemówił cichym głosem
« Votre Majesté doit contre-interroger ce témoin »
"Wasza Królewska Mość musi przesłuchać tego świadka"
« Eh bien, s'il le faut, il le faut, » dit le roi
— No cóż, jeśli muszę, to muszę — odparł król
« De quoi sont faites les tartes ? »
"Z czego zrobione są tarty?"
**« Les tartes sont faites de poivre, principalement », a déclaré
le cuisinier**
— Tarty robi się głównie z pieprzu – powiedział kucharz
**Pendant quelques minutes, toute la cour fut dans la
confusion**
Przez kilka minut na całym dziedzińcu panował chaos
Finalement, ils se sont tous calmés
W końcu wszyscy się ustatkowali
Mais à ce moment-là, le cuisinier avait disparu
Ale do tego czasu kucharz zniknął
« N'importe ! » dit le roi
— Mniejsza o to — rzekł król
« Appel à la barre du prochain témoin »
"Wezwij na trybunę następnego świadka"
Alice regarda le lapin blanc qui tâtonnait sur la liste
Alicja obserwowała białego królika, który grzebał w liście
**Vous pouvez imaginer sa surprise à ce qu'elle a entendu
ensuite**
Można sobie wyobrazić jej zdziwienie tym, co usłyszała
później
à tue-tête de sa petite voix aiguë, il appela le nom « Alice ! »
Na cały głos zawołał imię "Alice!".

Le témoignage d'Alice
Zeznania Alicji

« Ici ! » s'écria Alice
"Tutaj!" zawołała Alicja
Elle se leva d'un bond en toute hâte
Podskoczyła w wielkim pośpiechu
et elle renversa le banc des jurés
i przewróciła lożę przysięgłych
et elle renversa tous les jurés
i przewróciła wszystkich przysięgłych
et ils tombèrent sur la tête de la foule en bas
i upadli na głowy tłumu na dole
Alice était dans un grand désarroi
Alicja była w wielkim przerażeniu
« Oh ! je vous demande pardon ! » s'écria-t-elle
"Och, przepraszam!" wykrzyknęła
« Le procès ne peut pas avoir lieu », dit le roi
— Proces nie może się toczyć — rzekł król
« Les jurés doivent retourner à leur place »
"Sędziowie przysięgłych muszą wrócić na swoje właściwe miejsca"
Il répéta l'ordre avec beaucoup d'emphase
Powtórzył rozkaz z wielkim naciskiem
et il regarda Alice d'un air sévère
i spojrzał surowo na Alicję
« Que savez-vous de ces événements ? » demanda le roi à Alice
"Co wiesz o tych wydarzeniach?" – zapytał król Alicję
— Je ne sais rien à ce sujet, dit Alice
— Nic nie wiem na ten temat — odparła Alicja
Le roi lut ensuite un extrait de son livre
Następnie król czytał ze swojej księgi
« Règle quarante-deux »
"Zasada czterdziesta druga"
« Toutes les personnes de plus d'un kilomètre de haut doivent quitter le tribunal »
"Wszystkie osoby o wzroście większym niż mila mają opuścić

sąd"

« Je ne suis pas à un mille de haut, » dit Alice
— Nie mam nawet mili wysokości — odparła Alicja
« Près de deux milles de haut », dit la reine
— Prawie dwie mile wysokości — odparła królowa

— **Eh bien, je refuse d'y aller,** dit Alice
— No cóż, nie chcę iść — powiedziała Alicja
Le roi pâlit
Król zbladł
et il ferma précipitamment son carnet
i pospiesznie zamknął notatnik
« Considérez votre verdict », a-t-il dit au jury
"Zastanówcie się nad swoim werdyktem" – powiedział do
ławy przysięgłych
Il parlait d'une voix basse et tremblante
Mówił niskim, drżącym głosem
Puis le lapin blanc prit la parole
Wtedy odezwał się biały królik
« Il y a encore plus de preuves à venir »
"Jest jeszcze więcej dowodów, które dopiero nadejdą"

et il se leva d'un bond en toute hâte
i zerwał się w wielkim pośpiechu
« Ce papier vient d'être retiré »
"Ten papier został właśnie podniesiony"
« On dirait que c'est une lettre écrite par le prisonnier »
"Wygląda na to, że jest to list napisany przez więźnia"
Il déplia le papier tout en parlant
Mówiąc to, rozłożył kartkę
« Ce n'est pas une lettre, après tout »
"To przecież nie jest list"
« Ce que c'était, c'était un ensemble de versets »
"To, co to było, był zbiorem wersetów"
« S'il vous plaît, Votre Majesté », dit le coquin
— Proszę, Wasza Królewska Mość — rzekł knajper
« Je n'ai pas écrit ces vers »
"To nie ja napisałem te wersety"
« et ils ne peuvent pas prouver que j'ai écrit quoi que ce soit »
"i nie mogą udowodnić, że coś napisałem"
« Il n'y a pas de nom signé à la fin »
"Na końcu nie ma podpisanego imienia"
Le roi parla au fripon
Król przemówił do
« Vous avez dû vouloir causer des méfaits »
"Musiałeś chcieć zrobić jakąś krzywdę"
« Sinon, tu aurais signé ton nom comme un honnête homme »
"W przeciwnym razie podpisałbyś się jak uczciwy człowiek"
Il y eut un claquement général de mains
Rozległo się ogólne klaskanie w dłonie
Et le roi se tourna vers le lapin blanc
Król odwrócił się do białego królika
« Lisez les vers », ordonna-t-il
— Przeczytaj wersety — rozkazał
Il y eut un silence de mort dans la cour
Na dziedzińcu zapadła martwa cisza
et le lapin blanc lut les versets

A biały królik czytał wersety
Ils m'ont dit que vous étiez allé chez elle
Powiedzieli mi, że byłeś u niej
Et ils lui parlèrent de moi
I wspomnieli mu o mnie
Elle m'a donné un bon caractère
Dała mi dobry charakter
Mais elle a dit que je ne savais pas nager
Ale ona powiedziała, że nie umiem pływać
Il leur a fait savoir que je n'étais pas parti
Wysłał im wiadomość, że nie odszedłem
Nous savons que c'est vrai
Wiemy, że to prawda
Si elle poussait l'affaire, que deviendriez-vous ?
Gdyby popchnęła sprawę dalej, co by się z tobą stało?
Je lui en ai donné un, ils lui en ont donné deux
Dałem jej jedną, oni dali mu dwie
Vous nous en avez donné trois ou plus
Dałeś nam trzy lub więcej
Ils sont tous revenus de sa part vers vous
Wszyscy oni wrócili od niego do ciebie
bien qu'ils aient été les miens avant
choć przedtem były moje
Si j'avais la chance d'être
Gdybym miał szansę być
Si j'étais impliqué dans cette affaire
Gdybym ja lub ona byli zamieszani w tę aferę
Il compte en vous pour les libérer
Ufa ci, że ich uwolnisz
Exactement comme nous étions
Dokładnie tak, jak my
Mon idée, c'est que vous aviez été
Sądziłem, że byłeś
Avant qu'elle n'ait cette crise
Zanim dostała tego ataku
Un obstacle qui s'est dressé entre
Przeszkoda, która pojawiła się pomiędzy

Lui, et nous-mêmes, et cela
On i my sami, i to
Ne lui faites pas savoir qu'elle les aimait mieux
Nie daj mu do zrozumienia, że najbardziej ją lubi
Car cela doit être à jamais un secret, caché à tous les autres
Bo to musi na zawsze pozostać tajemnicą, trzymaną w
tajemnicy przed wszystkimi innymi
Ce secret doit rester un secret entre vous et moi
Ta tajemnica musi pozostać tajemnicą między tobą a mną
Le roi était très impressionné
Król był pod wielkim wrażeniem
**« C'est la preuve la plus importante que nous ayons
entendue jusqu'à présent »**
"To najważniejszy dowód, jaki do tej pory usłyszeliśmy"
**— Je ne crois pas que ces vers aient un atome de sens,
objecta Alice**
– Nie wierzę, że te wersety mają choć odrobinę znaczenia –
zaoponowała Alice
le roi avait sa propre opinion sur la question
Król miał swoje zdanie na ten temat
**« S'il n'y a pas de sens dans ces mots, cela sauve un monde
de problèmes »**
"Jeśli te słowa nie mają znaczenia, to oszczędza to światu
kłopotów"
**« Alors nous n'avons pas besoin d'essayer de trouver le
sens »**
"Wtedy nie musimy próbować znaleźć sensu"
« Laissons le jury délibérer sur son verdict »
"Niech ława przysięgłych rozważy swój werdykt"
« Non, non ! » dit la reine
— Nie, nie — odparła królowa
« La condamnation d'abord, le verdict ensuite »
"Najpierw wyrok, potem werdykt"
« Des bêtises et des bêtises ! » dit Alice à haute voix
"Bzdury i bzdury!" powiedziała głośno Alicja
« Comme il est stupide de condamner l'accusé en premier ! »
"Jakże głupio jest skazywać oskarżonego jako pierwszego!"

« Tais-toi ! » dit la reine en devenant violette
"Trzymaj język za zębami!" powiedziała królowa, robiąc purpurę
« Je ne me tairai pas ! » dit Alice
"Nie będę trzymać języka za zębami!" powiedziała Alicja
cria la reine à tue-tête
Królowa krzyknęła na cały głos
« Coupez-lui la tête ! »
"Odrąb jej głowę!"
Personne n'a fait un mouvement
Nikt się nie poruszył
« Qui se soucie de ce que vous dites ? » dit Alice
"Kogo obchodzi, co mówisz?" powiedziała Alicja
Elle avait atteint sa taille maximale à ce moment-là
W tym czasie urosła do swoich pełnych rozmiarów
« Tu n'es rien d'autre qu'un jeu de cartes ! »
"Jesteś tylko talią kart!"
À ces mots, toutes les cartes se levèrent dans les airs
W tym momencie wszystkie karty uniosły się w powietrze
et toutes les cartes s'abattaient sur elle
i wszystkie karty spadły na nią

Elle poussa un petit cri
Krzyknęła cicho
Elle était à moitié effrayée, mais aussi en colère
Była na wpół przestraszona, ale i zła
Et elle a essayé de se battre contre les cartes
i próbowała wyrzucić z siebie karty
puis elle se retrouva allongée sur le talus d'herbe
A potem znalazła się na brzegu trawy
Sa tête était sur les genoux de sa sœur
Jej głowa spoczywała na kolanach siostry
Des feuilles mortes s'étaient posées sur son visage
Kilka zeschłych liści wylądowało na jej twarzy
et sa sœur balayait doucement les feuilles
a jej siostra delikatnie strzepywała liście
« Réveille-toi, ma chère Alice ! » dit sa sœur
"Obudź się, Alicjo!" powiedziała jej siostra
« Quel long sommeil tu as eu ! »
"Jak długo spałeś!"
« Oh, j'ai fait un rêve si curieux ! » dit Alice
"Och, miałam taki dziwny sen!" powiedziała Alicja
Et elle raconta à sa sœur tout ce qu'elle pouvait se rappeler
I opowiedziała siostrze wszystko, co pamiętała
toutes les étranges aventures que vous venez de lire
Wszystkie dziwne przygody, o których właśnie czytałeś
Alice se leva et s'enfuit en courant
Alicja wstała i uciekła
et elle pensait, tout en courant, à son rêve
Biegnąc, rozmyślała o swoim śnie
« Quel rêve merveilleux cela avait été ! »
"Cóż to był za cudowny sen!"

www.tranzlaty.com

www.ingramcontent.com/pod-product-compliance
Lightning Source LLC
Chambersburg PA
CBHW011049190726
48290CB00011B/3078